最強圖解
潮流韓語

從追星學韓語
秒記1000⁺超實用單字！

古田富建 —— 著

洪玲 —— 譯

U0043629

在學習韓語時，掌握詞彙尤其重要。學習文法當然也很重要，但如果對單字一竅不通，就無法表達自己想說的事情，也會難以順暢與人溝通。

「可是那些單字好難背，我老是記不住！」相信這是許多韓語學習者共通的煩惱。

如果想學習一門外語，光憑機械式的死記硬背，是無法將單字留在腦海裡的。此外，韓語的拼音遠比你想像的還要複雜。例如「kachi」這個讀音，就能拼寫成「가치」、「같이」、「갇히」等等；就算某個字唸起來都是「ka」，除了「카」、「까」之外，也還有其他拼寫方式。

韓文的一個音有各種拼寫方式，如何拼音取決於上下文的意思。正因為文字本身很簡單，拼寫才顯得很難，也讓學習者容易產生盲點。這也是韓語和那些「聽了就知道怎麼寫」的語言的最大差異所在。

因此，本書想向你推薦的，就是透過「對比」的方式來記憶韓語。

例如，我們可能會常有這樣的疑惑：「常聽到『막내（老么：最小的孩子）』這個詞，那『最大的孩子』要怎麼講呢？」最大的孩子叫做「맏이」，這兩個詞經常在母語人士的會話中成雙成對地出現，所以最好不要分開來記，而是兩個為一組來記，

這樣才會事半功倍。

「작다」（小）這個單字，可能也已經很多人知道，那麼「很小」又該怎麼說呢？雖然可以在「작다」前面放上強調的「너무」（很），但如果你知道「조그맣다」（很小）這個說法的話，就能讓表達的方式更加豐富。

另外，本書也收錄了如果從自己的母語去想，可能會容易混淆的單字。例如「忘記」記憶中的事情，韓語是「잊어버리다」；但如果是把錢包「忘」在店裡，就要用「두고 오다」。這也是容易弄錯的單字之一。**像這樣將常用的單字或是容易混淆的單字相互「比較」，就能輕輕鬆鬆地記在腦海裡**，這正是本書的宗旨。如此一來，也能夠幫助學習者進一步掌握正確的語感。

本書收錄了常見於語言學習書中的基本單字，同時介紹母語人士在實際會話中常用到的單字。不僅能讓讀者一邊享受閱讀樂趣，一邊將內容實際應用於韓語學習，也能夠在欣賞韓國娛樂相關內容時派上用場。如果本書能帶給你印象深刻的新發現，那將會是筆者的榮幸。

古田富建

韓語單字輕鬆學！
本書三大重點

1 一定找得到你有共鳴的內容！

這本書特別著重於各種不同領域的詞彙，包括人際關係、次文化、地理、歷史、政治、宗教等，廣泛地涵蓋了和韓國情勢及文化相關的詞彙。

一般針對初學者編寫的單字書，通常都是列舉最正統的基本單字。我們並非認為「基本詞彙不重要」，但對於正在學習欣賞韓國娛樂內容的人來説，身邊常見的用語和教科書式的基本詞彙之間存在著一定的差異。

如果你無法記住那些單字，原因可能在於書中列出的單字並無法讓你有共鳴。

即使是 K-POP 領域最初級的用語，多半在最高級的韓語檢定裡都還是不會出現。這或許值得你思考：你該記住那些符合考試標準的單字，還是對你來説更實用的單字呢？

2 別小看「飯圈用語」！

當提到在韓劇、電影、K-POP、社群媒體上會出現的韓語（特別是飯圈用語）時，也許會讓人認為這些詞彙只能在該特定領域使用。

然而，次文化裡其實濃縮了韓國語言文化之中的「普遍性」。請各位讀者務必去探索和檢定用「基本單字」截然不同的另一個「基礎單字」世界。

實際上，飯圈用語追溯其根源，會發現它們其實是相當常見的基礎單字。例如，最近常聽到的「영통」是「영상통화」（視訊通話）的縮寫。對於不關心 K-POP 的人來說，「영통」可能是不熟悉的詞彙，但一旦揭開謎底，就會發現原來正是熟悉的「視訊（영상）」和「通話（통화）」兩個字。

3 完整告訴你「韓國其實是這樣」！

對於每個單字，本書提供了比以往的單字書更詳盡的解說。特別是形容詞，由於很多單字和翻譯過後的字面會有些微語感差異，這些解說應該能幫助你有所理解。

除了使用場景外，本書還觸及了韓國情勢和隱性知識。了解這些知識有助於進一步理解語感上的細微差異。此外，在延伸單字和解說中，也會為你一併介紹各種不同的詞彙。

本書使用方式

▶ **單字架構**

介紹此頁列出的單字及其意思。並加
上各種標示來說明不同意思。
《俗》：表示是字典上未收錄的單字。
【 】內則標示該詞條出處的漢字或英
文。

chingu
친구 名
【親舊】朋友 ｜ 好友*

nalang chingu hago pdagoyo
[例] 나랑 친구 하고 다고요？
你想和我當朋友吧？

延伸單字

고향 친구（同鄉朋友）
소꿉친구（青梅竹馬）
중학교 동창（中學同學）

▶ **品詞分類**

揭示品詞的分類。
名＝名詞
形＝形容詞
動＝動詞
存＝存在詞
感＝感嘆詞

當個朋友吧？

▶ **插圖**

幫助讀者進一步理解該詞條的插畫。
主要精選韓娛中常見的場景。

（譯注：中文常稱「親辜」。）

解說

不只朋友，同年齡（同輩）的人有時也可以稱為「친구」。當一位前輩對後
輩說「내가 니 친구냐？」（我不是你的朋友＝我跟你不是同齡吧？）時，就是
斥責後輩竟能把長輩當成同輩的意思。由於친구是與年齡相關的詞，所以不
同年齡的朋友被稱為「친한 언니（親近的前輩）」和「친한 동생（親近的後
輩）」。這個詞也可用來友善稱呼小於同輩的人，例如「저 친구는（那個像
伙啊）」、「착한 친구야（他是個好孩子）」。

還有兩種
對比模式！

對比同一意思下的程度差異

例如「很大」和「非常大」，在同樣表
示「大」的前提下也會有程度差異。只
要像這樣將單字對比記憶，就更容易記
在腦海裡。

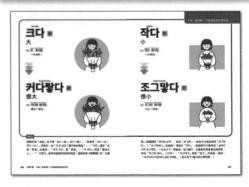

這裡會介紹在相同情境下經常使用的單字，以及容易混淆的單字。透過「對比」的方式，就能輕輕鬆鬆記起來，同時也能正確掌握單字具備的語感。

表達關係的單字

ttolae

또래 名

同輩

[例] gat-eun ttolaekkili chinhage jinaeyo
같은 또래끼리 친하게 지내요.

我們是同一代的同輩，好好相處吧。

▶ 〜끼리是後綴詞，指「〜們」。

延伸單字

동갑（同甲；同年）
띠동갑（同生肖，相差一輪）

我們差不多大呢！

解說

「同齡人，同代人」是「또래」。要說「我們這一代」時，就可以說「우리（저희）나이 또래」。「저희 나이 또래는 흔히 MZ 세대라고 하죠。」（我們這一代通常被稱為MZ世代（80年代到2000年代末期出生的人）。「同一代的男孩」是「또래 남자들」，「同一代的女孩」是「또래 여자들」。「또래 여자들은 다 케이 팝 팬이에요。」（我這一代的所有女生都是韓流粉絲。）

▶ 例句

介紹使用了該詞條的例句。必要情況下，也會針對例句進行補充說明。

▶ 延伸單字

介紹和該詞條意思相近的單字。

▶ 解說

進一步介紹和該詞條有關的內容、常用的句子，以及容易混淆的地方等。

019

共通表達的同性單字

gamda

감다 動
洗（頭髮）

[例] 머리를 감다.
洗頭髮。

bitda

빗다 動
梳

[例] 머리를 빗다.
梳頭髮。

mallida

말리다 動
吹

[例] 머리를 말리다.
吹頭髮。

malda

말다 動
捲

[例] 머리를 말다.
捲頭髮。

統整一連串動作再進行對比

介紹像是「①洗、②吹、③梳、④捲」這樣，表示一連串動作的單字。統整在一起記憶會更有效率。

007

目次

前言 ·· 2

韓語單字輕鬆學！本書三大重點 ·· 4

本書使用方式 ··· 6

Part 1 比較一下跟「人」有關的單字吧

表達關係的單字

맏이 老大／막내 老么 ·· 16

친구 朋友，好友／또래 同輩 ··· 18

아저씨 大叔／학생 同學 ·· 20

삼촌 叔叔／이모 阿姨 ·· 22

부모님 父母親／선생님 先生，老師 ································· 24

언니 姊姊／형님 大姊 ·· 26

신랑 先生（丈夫）／와이프 太太（妻子） ······················ 28

마마보이 媽寶男／유교보이 儒家男孩 ···························· 30

효자 孝子／불효자 不孝子 ··· 32

초면 初次見面／구면 面熟 ··· 34

도깨비 鬼怪／귀신 鬼魂，幽靈 ····································· 36

얼굴 臉／머리 頭，頭髮 ·· 38

쌍꺼풀 雙眼皮／무쌍 單眼皮 ·· 40

눈매 眼神，眼形／콧날 鼻梁 ·· 42

젖살（小時候的）嬰兒肥／보조개 酒窩 ··························· 44

입술 嘴唇／턱선 下顎線 ·· 46

손바닥 手掌／손등 手背 ·· 48

엄지 大拇指／**새끼손가락** 手的小指 ⋯⋯⋯⋯⋯⋯⋯⋯⋯⋯⋯⋯⋯⋯⋯ 50

어깨 肩膀／**다리** 腿 ⋯⋯⋯⋯⋯⋯⋯⋯⋯⋯⋯⋯⋯⋯⋯⋯⋯⋯⋯⋯⋯ 52

덩어리 塊，團／**알** 粒 ⋯⋯⋯⋯⋯⋯⋯⋯⋯⋯⋯⋯⋯⋯⋯⋯⋯⋯⋯⋯ 54

멋있다 帥氣／**촌스럽다** 土氣 ⋯⋯⋯⋯⋯⋯⋯⋯⋯⋯⋯⋯⋯⋯⋯⋯⋯⋯ 56

잘생기다 長得好看／**못생기다** 長得醜 ⋯⋯⋯⋯⋯⋯⋯⋯⋯⋯⋯⋯⋯ 58

귀엽다 可愛／**예쁘다** 漂亮 ⋯⋯⋯⋯⋯⋯⋯⋯⋯⋯⋯⋯⋯⋯⋯⋯⋯⋯ 60

Part 2 比較一下社群媒體和電視節目常用的單字吧

폰 手機／**컴** 電腦 ⋯⋯⋯⋯⋯⋯⋯⋯⋯⋯⋯⋯⋯⋯⋯⋯⋯⋯⋯⋯⋯⋯ 64

잠금해제 解鎖／**비번** 密碼 ⋯⋯⋯⋯⋯⋯⋯⋯⋯⋯⋯⋯⋯⋯⋯⋯⋯⋯ 66

짤 圖片（主要來自網路）／**복붙** 複製貼上 ⋯⋯⋯⋯⋯⋯⋯⋯⋯⋯⋯ 68

영통 視訊通話／**디카** 數位相機 ⋯⋯⋯⋯⋯⋯⋯⋯⋯⋯⋯⋯⋯⋯⋯⋯ 70

계정 帳號／**프사** 頭貼 ⋯⋯⋯⋯⋯⋯⋯⋯⋯⋯⋯⋯⋯⋯⋯⋯⋯⋯⋯ 72

저장 保存／**읽음** 已讀 ⋯⋯⋯⋯⋯⋯⋯⋯⋯⋯⋯⋯⋯⋯⋯⋯⋯⋯⋯ 74

구독 訂閱／**알림** 通知 ⋯⋯⋯⋯⋯⋯⋯⋯⋯⋯⋯⋯⋯⋯⋯⋯⋯⋯⋯ 76

깔다 鋪，放進／**뜨다** 浮起，出現／**달다** 掛起，裝上／**내리다** 拿下，刪除 ⋯ 78

첫방（節目）首播／**막콘** 演唱會終場 ⋯⋯⋯⋯⋯⋯⋯⋯⋯⋯⋯⋯⋯ 80

먹방 吃播／**생방** 現場直播 ⋯⋯⋯⋯⋯⋯⋯⋯⋯⋯⋯⋯⋯⋯⋯⋯⋯ 82

정주행 從頭到尾看完一部作品／**역주행** 重登排行榜 ⋯⋯⋯⋯⋯⋯⋯ 84

뮤비 MV／**스밍** 刷榜，刷音源 ⋯⋯⋯⋯⋯⋯⋯⋯⋯⋯⋯⋯⋯⋯⋯ 86

딩동댕 叮咚當／**땡** 叮 ⋯⋯⋯⋯⋯⋯⋯⋯⋯⋯⋯⋯⋯⋯⋯⋯⋯⋯ 88

후렴 副歌／**안무** 編舞 ⋯⋯⋯⋯⋯⋯⋯⋯⋯⋯⋯⋯⋯⋯⋯⋯⋯⋯⋯ 90

칼군무 刀群舞／**칼퇴근** 準時下班 ·· 92

도장 印章／**도배** 洗板 ··· 94

보컬 歌唱／**랩** 饒舌／**댄스** 舞蹈／**비주얼** 門面 ····················· 96

캐스팅 發掘／**데뷔** 出道／**컴백** 回歸／**재계약** 續約 ··············· 98

손뼉 치기 鼓掌／**소리 지르기** 大聲歡呼／**파도타기** 波浪／**따라 부르기** 一起唱 100

<table>
<tr><td>Part
3</td><td><h1>比較一下表達食衣住行
的單字吧</h1></td></tr>
</table>

추리닝 運動服／**마이** 西裝外套 ·· 104

빨다 清洗／**널다** 晾乾／**걷다** 收進來／**개다** 摺疊 ··············· 106

블링블링 亮晶晶／**꾸안꾸** 隨性，自然 ···································· 108

사치 奢侈／**싸구려** 便宜貨 ··· 110

지우다 消除，抹去／**씻다** 洗／**닦다** 擦拭／**바르다** 塗抹 ······ 112

감다 洗（頭髮）／**말리다** 吹／**빗다** 梳／**말다** 捲 ··············· 114

밥 飯／**죽** 粥 ··· 116

양념 調味醬／**국물** 湯，湯汁 ·· 118

민초 薄荷巧克力／**빙수** 刨冰 ·· 120

느끼하다 油膩，濃厚／**담백하다** 清淡 ···································· 122

볶다 炒／**내리다** 沖泡，降下／**타다** 製作／**젓다** 攪拌 ········ 124

펜트하우스 頂樓／**옥탑방** 頂加 ·· 126

나들이 外出，出遊／**집콕** 宅在家 ·· 128

꽃길 花道／**막다른 길** 死路 ··· 130

여의도 韓國的政治中樞／**충무로** 韓國的好萊塢 ······················ 132

表達食衣住行的單字

한반도 朝鮮半島／삼팔선 38 度線 ⋯⋯⋯⋯⋯⋯⋯⋯⋯ 134

전하 殿下／마마 王室成員尊稱 ⋯⋯⋯⋯⋯⋯⋯⋯⋯⋯ 136

영감 老人家，老先生／양반 那位，先生 ⋯⋯⋯⋯⋯⋯⋯ 138

일제시대 日治時期／IMF 사사태 IMF 通貨危機 ⋯⋯⋯⋯ 140

육이오 韓戰／오일팔 光州民主化運動 ⋯⋯⋯⋯⋯⋯⋯⋯ 142

입대 入伍／제대 退伍 ⋯⋯⋯⋯⋯⋯⋯⋯⋯⋯⋯⋯⋯⋯ 144

사주 八字命學／팔자 命運 ⋯⋯⋯⋯⋯⋯⋯⋯⋯⋯⋯⋯ 146

굿 跳神儀式／부적 符咒 ⋯⋯⋯⋯⋯⋯⋯⋯⋯⋯⋯⋯⋯ 148

인연 緣分／우연 偶然 ⋯⋯⋯⋯⋯⋯⋯⋯⋯⋯⋯⋯⋯⋯ 150

Part 4 比較一下表達性格・情感的單字吧

진지하다 認真的／장난 淘氣，惡作劇 ⋯⋯⋯⋯⋯⋯⋯⋯ 154

급하다 急躁／태평스럽다 從容 ⋯⋯⋯⋯⋯⋯⋯⋯⋯⋯⋯ 156

여우 같다 像狐狸一樣狡猾／곰 같다 像熊一樣愚笨、呆呆的 ⋯ 158

똑똑하다 聰明／모자라다 不足 ⋯⋯⋯⋯⋯⋯⋯⋯⋯⋯⋯ 160

한결같다 始終如一，一心一意／변덕스럽다 善變 ⋯⋯⋯⋯ 162

착하다 好人，善良／쓰레기 垃圾，人渣 ⋯⋯⋯⋯⋯⋯⋯⋯ 164

다정하다 溫柔／매정하다 冷淡 ⋯⋯⋯⋯⋯⋯⋯⋯⋯⋯⋯ 166

붙임성이 좋다 平易近人／서먹서먹하다 疏遠，見外 ⋯⋯⋯ 168

철들다 懂事，明理／철없다 不懂事，不明事理 ⋯⋯⋯⋯⋯ 170

고지식하다 死板，頑固／융통성이 있다 知道變通 ⋯⋯⋯⋯ 172

예민하다 敏感，神經質／뻔뻔하다 厚臉皮 ⋯⋯⋯⋯⋯⋯⋯ 174

깔끔하다 清爽，俐落／털털하다 隨和，不拘小節 ⋯⋯⋯⋯⋯⋯ 176

잘하다 擅長／서투르다 不擅長 ⋯⋯⋯⋯⋯⋯⋯⋯⋯⋯⋯⋯⋯⋯ 178

심정 心情／정신 精神 ⋯⋯⋯⋯⋯⋯⋯⋯⋯⋯⋯⋯⋯⋯⋯⋯⋯⋯ 180

진심 真心，誠心／가식 做作，虛偽 ⋯⋯⋯⋯⋯⋯⋯⋯⋯⋯⋯⋯ 182

자랑스럽다 自豪的／민망하다 丟臉，尷尬 ⋯⋯⋯⋯⋯⋯⋯⋯ 184

시원하다 暢快，爽快／답답하다 煩悶，焦躁 ⋯⋯⋯⋯⋯⋯⋯ 186

뿌듯하다 心滿意足，高興／섭섭하다 不夠滿意，惋惜 ⋯⋯ 188

신나다 開心，興奮／다운되다 情緒低落 ⋯⋯⋯⋯⋯⋯⋯⋯⋯ 190

욱하다 生氣，動怒／짠하다 難受，傷心 ⋯⋯⋯⋯⋯⋯⋯⋯⋯ 192

신기하다 神奇／흔하다 平常，不足為奇 ⋯⋯⋯⋯⋯⋯⋯⋯⋯ 194

Part 5 比較一下表達溝通和動作的單字吧

건강하다 健康／기운이 없다 沒力氣，沒精神 ⋯⋯⋯⋯⋯⋯⋯ 198

관심 있다 有興趣／관심 없다 沒興趣 ⋯⋯⋯⋯⋯⋯⋯⋯⋯⋯⋯ 200

인사 問候，打招呼／절 行禮，跪拜禮 ⋯⋯⋯⋯⋯⋯⋯⋯⋯⋯ 202

감사드립니다 感謝／고맙습니다 謝謝 ⋯⋯⋯⋯⋯⋯⋯⋯⋯⋯ 204

도와주세요 幫幫忙／살려 주세요 救救我 ⋯⋯⋯⋯⋯⋯⋯⋯ 206

말이 짧다 說話不敬／말을 놓다 不說敬語 ⋯⋯⋯⋯⋯⋯⋯⋯ 208

가르치다 教導，教／따르다 跟隨，遵從 ⋯⋯⋯⋯⋯⋯⋯⋯⋯ 210

챙기다 照顧／의지하다 依賴 ⋯⋯⋯⋯⋯⋯⋯⋯⋯⋯⋯⋯⋯⋯⋯ 212

자존심 自尊心／눈치 臉色，察言觀色 ⋯⋯⋯⋯⋯⋯⋯⋯⋯⋯ 214

꽂다 插入／빼다 拔出，拿下 ⋯⋯⋯⋯⋯⋯⋯⋯⋯⋯⋯⋯⋯⋯⋯ 216

틀다 開啟／**끄다** 關閉 ⋯⋯⋯⋯⋯⋯⋯⋯⋯⋯⋯⋯⋯⋯⋯⋯⋯ 218

만들다 製作／**부수다** 弄壞 ⋯⋯⋯⋯⋯⋯⋯⋯⋯⋯⋯⋯⋯⋯ 220

잡다 抓住／**놓치다** 放走 ⋯⋯⋯⋯⋯⋯⋯⋯⋯⋯⋯⋯⋯⋯⋯ 222

채우다 裝滿，使～充滿／**비우다** 空出，騰出 ⋯⋯⋯⋯ 224

마중 迎接／**배웅** 送行 ⋯⋯⋯⋯⋯⋯⋯⋯⋯⋯⋯⋯⋯⋯⋯⋯ 226

흘리다 流，灑落，遺落／**내리다** 沖水 ⋯⋯⋯⋯⋯⋯⋯ 228

잊어버리다 忘記／**두고 오다** 忘記帶 ⋯⋯⋯⋯⋯⋯⋯⋯ 230

대놓고 公然，明顯／**은근히** 暗自，不動聲色地 ⋯⋯ 232

쌔빠지게 일하다 拼命工作／**푹 쉬다** 好好休息 ⋯⋯⋯ 234

돈을 아끼다 省錢／**탕진하다** 揮霍 ⋯⋯⋯⋯⋯⋯⋯⋯⋯ 236

타다 乘，滑／**뛰다** 跑，跳／**던지다** 投／**치다** 打 ⋯ 238

눈인사 注目禮／**손잡다** 牽手／**팔짱 끼다** 勾手／**어깨동무** 搭肩 ⋯ 240

엎드려뻗쳐 伏臥（趴拱橋）／**열중쉬어** 稍息／

물구나무서기 倒立／**까치발** 踮腳尖 ⋯⋯⋯⋯⋯⋯⋯⋯ 242

Part **6** 4 個一組比較一下表達狀態的 單字吧

크다 大／**커다랗다** 很大／**작다** 小／**조그맣다** 很小 ⋯⋯⋯ 246

많다 多／**어마어마하다**（多得）驚人／**적다** 少／**쥐꼬리만 하다** 極少 ⋯ 248

길다 長／**기다랗다** 很長／**짧다** 短／**짤막하다** 很短 ⋯⋯ 250

넓다 寬／**널찍하다** 寬敞／**좁다** 窄／**비좁다** 狹窄 ⋯⋯⋯ 252

빠르다 快／**재빠르다** 很快／**느리다** 慢／**느려터지다** 很慢 ⋯ 254

두껍다 厚／**두툼하다** 很厚／**얇다** 薄／**얄팍하다** 很薄 ⋯⋯ 256

뜨겁다 滾燙／뜨끈뜨끈하다 暖呼呼／

차갑다 冰涼／미지근하다 溫熱，不冷不熱 ───────── 258

따뜻하다 溫暖／포근하다 暖和／시원하다 涼爽／쌀쌀하다 有涼意，有寒意 ─── 260

빨갛다 紅色的／발그레하다 微紅的／하얗다 白色的／뿌옇다 灰白，霧茫茫 ── 262

파랗다 藍色的／푸르다 青色的／노랗다 黃色的／누렇다 呈黃色的，泛黃 ── 264

달다 甜／달달하다 甜蜜，甜美／쓰다 苦／씁쓸하다 微苦 ────── 266

맵다 辣／매콤달콤하다 甜中帶辣／시다 酸／새콤달콤하다 酸酸甜甜 ──── 268

짜다 鹹／짭짤하다 鹹度適中／싱겁다 淡／밋밋하다 清淡 ─────── 270

結尾 꾸준히 孜孜不倦，持之以恆／쉬엄쉬엄 不急不徐 ────── 272

表達顏色或味道的單字

本書出現過的詞彙一覽〔索引〕───────────────── 274

column

提及身體部位用詞的俗語 ──────── 62

電子郵件和訊息相關用語 ──────── 102

各種關於「吃」和「看」的表達 ──── 152

各種關於「穿戴」的表達 ──────── 196

表達各種「舞蹈動作」的詞彙 ───── 244

封面設計◎小口翔平＋嵩 Akari（tobufune）

內文設計◎二之宮匡（nixinc）

插畫◎peppoko

校正◎林京愛、河井佳

ＤＴＰ◎佐藤史子

編輯協力◎峰岸美帆

執筆協力◎Saito Megumi

Part
1

比較一下
跟「人」有關
的單字吧

- 表達關係的單字
- 描述身體部位和外觀的單字

maji

맏이 名
老大

lae bwaedo chilhyeongje(ui) maji
[例] **이래 봬도 7 형제 (의) 맏이 .**

　　 就算看起來這樣，他畢竟是七個孩子裡
　　 最大的。

▶ 이래 봬도＝이렇게 뵈어도 .

延伸單字

형제 (兄弟)
자매 (姊妹)
남매 (男妹：兄弟姊妹)

解說

最年長的。從兄弟姊妹的角度來看的「大哥」稱為맏이，從父母的角度來看則
稱為맏아들。「大姊」稱為맏언니或맏딸，「大兒媳婦」稱為맏며느리。如果你
有兩個哥哥，就是큰형（大的哥哥）和작은형（小的哥哥）。如果有三個人，
也可以分別稱為첫째형（大哥）、둘째형（二哥）、셋째형（三哥）。這些兄
弟姊妹的名字不僅用於親兄弟姊妹之間，也用於偶像團體內部。

mangnae
막내 名

老么*

[例] jalhaess-eo uri mangnae
잘했어 , 우리 막내 .
做得好呀，我們家的忙內。

延伸單字

막둥이（老么（暱稱））
늦둥이（晚年得子的子）
막내 직원（最年輕的員工）
막내 작가（最年輕的作家）

（譯注：中文常稱「忙內」。）

解說

「最小的兒子」是「막내아들」，「最小的女兒」是「막내딸」。稱呼年紀較大的人會根據性別使用不同的名稱，稱呼年紀較小的人則不會太在意性別。儘管不同性別也有特定的稱呼，例如「남동생（弟弟）」和「여동생（妹妹）」，「조카（姪子／外甥）」和「조카딸（姪女／外甥女）」，以及「손자（孫子）」和「손녀딸（孫女）」，但經常會簡單稱呼為「우리 동생（我家小弟／小妹）」，或是「우리 조카（我家外甥／姪兒）」。這些表達方式無法直接翻譯，因為中文中只有特定性別的名稱。「막내也用於公司等組織中最年輕的人或下屬。

chingu

친구 [名]

【親舊】朋友，好友*

nalang chingu hago sipdagoyo

[例] 나랑 친구 하고 싶다고요?

你想和我當朋友嗎？

延伸單字

고향 친구（同鄉朋友）

소꿉친구（青梅竹馬）

중학교 동창（中學同學）

當個朋友吧？

（譯注：中文常稱「親辜」。）

解說

不只朋友，同年齡（同輩）的人有時也可以稱為「친구」。當一位前輩對後輩說「내가 니 친구냐?」（我不是你的朋友＝我跟你不是同齡吧？）時，就是斥責後輩豈能把長輩當成同輩的意思。由於친구是與年齡相關的詞，所以不同年齡的朋友被稱為「친한 언니（親近的前輩）」和「친한 동생（親近的後輩）」。 這個詞也可用來友善稱呼小於同輩的人，例如「저 친구는（那個傢伙啊）」、「착한 친구야（他是個好孩子）」。

ttolae

또래 名

同輩

[例] gat-eun ttolaekkili chinhage jinaeyo
같은 또래끼리 친하게 지내요.

我們是同一代的同輩,好好相處吧。

▶ ～끼리是後綴詞,指「～們」。

延伸單字

동갑(同甲:同年)

띠동갑(同生肖、相差一輪)

我們差不多
大呢!

解說

「同齡人,同代人」是「또래」。要說「我們這一代」時,就可以說「우리(저희)나이 또래」。「저희 나이 또래는 흔히 MZ 세대라고 하죠.」(我們這一代通常被稱為MZ世代(80年代到2000年代末期出生的人))。「同一代的男孩」是「또래 남자들」,「同一代的女孩」是「또래 여자들」。「또래 여자들은 다 케이 팝 팬이에요.」(我這一代的所有女生都是韓流粉絲。)

ajeossi

아저씨 名

大叔

jeo ajeossi anigeodeun-yo
[例] 저 아저씨 아니거든요 .
　　雖然我才不是什麼大叔。

延伸單字

할아버지（爺爺）

할머니（奶奶）

喂！大叔～

解說

由於許多情況下無法使用第二人稱代名詞「너」（你：上對下、親近的人）和
「당신」（你：尊稱），因此通常使用親屬稱謂代替第二人稱。以成年男性來
說，未婚男性被稱為「총각（總角）」，已婚男性被稱為「아저씨」。然而，
年輕人不太使用「총각」一詞，所以即使是大學生有時也被稱為「아저씨」。
對於老年男性，則使用尊稱「他人的父母」的「어르신」（어른（大人）的敬
稱）。

hakssaeng

학생 名

【學生】同學

geogi hakssaeng jamkkan seo bwa
[例] 거기 학생 잠깐 서 봐.

那邊的同學，請稍等一下。

▶ 서다（站著，停止動作）。

延伸單字

《俗》꼬맹이（小傢伙）

那位
同學～

解說

雖然我們一般不會用「同學」當作稱謂，但也可以在要叫住某人的時候使用「학생」。這是一個針對年輕人，特別是國中生和高中生使用的稱呼。也可以用來稱呼學生為「某某同學」。「김남준 학생, 다음 문제 풀어 보세요.」（金南俊同學，請解開以下問題。）對年齡低於小學生的孩子說「你幾歲呀？」、「你在吃什麼呀？」的「你」，則會用「꼬마」（小朋友）表示。

samchon

삼촌 名

【三寸】叔叔

jwobwa samchon-i hae julge
[例] 줘봐, 삼촌이 해 줄게.

給我吧，叔叔幫你開。

▶ 주다（為～做某事）＋ - 어보다（嘗試～看看）。

延伸單字

외삼촌（外三寸：舅舅）
사촌（四寸：堂表親＝堂／表
兄弟姊妹）

解說

未婚的叔叔稱為「삼촌（三寸）」。「三寸」的意思是「三等親」。在首爾方言中，它的發音為「삼춘」，所以你可能會常在電視劇和電影中聽到這樣的發音。如果叔叔結婚了，「父親的哥哥」的稱呼就會變成「큰아버지」，「父親的弟弟」的稱謂就會變成「작은아버지」。父方的親屬名稱往往分得比母方更細。

imo

이모 名

【姨母】阿姨

[例] **urineun imopaen**
우리는 이모팬.

我們是一群姨母粉。

Around 40

延伸單字

사모님（師母 - ：太太〈意識到其丈夫職業的敬稱〉）

여사님（女史 - ：女士，夫人〈意識到該女性職業的敬稱〉）

解說

嬸嬸稱為「고모」，阿姨稱為「이모」。與父方親屬稱謂相比，母方的稱謂更有親切感，也更容易使用。正如我們會用兄弟姊妹來指稱他人，「삼촌」和「이모」有時也用來稱呼父母的朋友，或是年紀等同父母輩的親近人士。和偶像的年齡差距如同親子的粉絲可稱為「삼촌팬（叔叔粉）」和 이모팬（姨母粉）」。「이모」也常以第二人稱詞出現，指稱餐廳裡的中年女員工。「아줌마」也是「阿姨」的意思，但正逐漸被更具表現力的詞彙取代。

bumonim

부모님 名

【父母】 父母親

[例] **bumonim salanghaeyo**
부모님 사랑해요.
我最愛爸爸媽媽了。

延伸單字

학부모（學父母：家長）

解說

父母是「부모（父母）」。雖然還有個固有名詞「어버이」，但除了「어버이날」（韓國每年5月8日的父母節）之外很少使用。即使在談論自己的父母時，韓國人也會使用諸如「부모님이 주셨어요（我的父母親給我的）」之類的敬語。在成年後，對父母的第二人稱通常會改口為「어머니（母親）」和「아버지（父親）」，但近年來也有不少人繼續稱呼「엄마（媽媽）」和「아빠（爸爸）」。但如果是別人的父母或姻親，則還是要稱「어머니」或「어머님」，「아버지」或「아버님」。

seonsaengnim

선생님 名

【先生】先生，老師

seonsaengnim gyeongchalseolo gasijyo

[例] 선생님　경찰서로　가시죠.

先生，要麻煩您跟我們去警局一趟。

▶ 直譯為「先生，我們去警察局吧」。

延伸單字

사장님（社長：社長、總經理
〈對於年長男性的敬稱〉）

解說

年輕一代有時會省略「선생님」，將親近的老師稱為「쌤」。然而，無論你和老師有多親近，都還是要對他們使用敬語。當與陌生人打交道時，或是在政府機關窗口、當警察與公民打交道時，因為沒有合適的第二人稱，也會使用「선생님」。在電視劇《魷魚遊戲》中，西裝男（孔劉飾）初次向主角成奇勳（李政宰飾）搭話時，也是使用「선생님」。年齡差距相當於父母的前輩不稱為「선배님（先輩）」，而是稱為「선생님」。稱呼中老年人也可以用「아버님（伯父）」和「어머님（伯母）」。

eonni

언니 名

姊姊*

naega jigjang wang-eonni (ga) dwaetda
[例] 내가 직장 왕언니 （가） 됐다 ….

我變成職場上的老大姊了（女性中最年長者）。

▶ 「왕 -」是表示「非常大」的前綴。

為什麼會變成
這樣 …

（譯注：中文常稱「歐膩」。）

解說

女性用來稱呼姊姊或親密女性長輩的稱謂。女性的關係往往比較平等，和男性稱「哥」（형）相比，「언니」更容易稱呼。不過，還請考慮一下年齡差異。如果年齡差距如同姊妹的話就可以稱為「언니」，如果差距等同父母的話則要稱為「이모」。 關係親密的女性有時也會稱對方為「자기（自己：親愛的）」。「자기 점심은 밖에서 먹을 거야？」（親愛的，要去外面吃午餐嗎？）「자기」也用於夫妻和情侶之間。

hyeongnim

형님 名

【兄-】大姊

[例] hyeongnim-i gyesyeoseo neomu deundeunhaeyo
형님이　계셔서　너무　든든해요 .

有大姊在這裡，讓我覺得很放心。

▶ 든든하다（堅固、令人安心、可靠）

有大姊在
讓我很安心！

解說

「누나」的敬稱是「누님」，尊稱「언니」則要用「형」的敬稱「형님」。韓國人並不常稱呼關係親密的年長女性為「형님」，而是用來稱呼丈夫的姐姐，或是丈夫的哥哥的妻子等，類似「嫂子」這樣的說法。但如果是自己家的大嫂（自己哥哥的妻子），則稱為「새언니（新的姊姊）」或「올케언니」（올케的意思是오라버니（哥哥）的계집（女人）），而非「형님」。比起自家親戚，對夫家親戚的稱謂要求會更嚴格。㊟男性之間稱呼「老大哥」也用「형님」。

신랑 名

sillang

【新郎】先生（丈夫）

[例] oneul-eun uli sillang saeng-il
오늘은 우리 신랑 생일 .
今天是我先生的生日。

延伸單字

낭군（郎君 ※ 時代劇用語）

장가가다（娶妻）

유부남（有婦男：已婚男人、
有婦之夫）

예비아빠（豫備 - ：準爸爸）

唉呀，
真好呀！

解說

當妻子向第三人談起自己的丈夫時，會使用「남편（男便）」或「신랑（新郎）」。在非正式場合，年長的丈夫有時會稱為「오빠」。孩子出生後，丈夫會變成「애 아빠（孩子他爸）」，妻子會變成「애 엄마（孩子他媽）」。不限於第三人，夫妻之間也會互相稱呼「지「민이 아빠（智旻他爸）」、「정국이 엄마（柾國他媽）」等。請注意：如果說「우리 아빠（我家爸爸）」，就是稱呼自己的父親，而非自己的丈夫。

와이프 名
waipeu

【wife】太太（妻子）

[例] **와이프한테 혼나요.**
waipeuhante honnayo

我要被老婆罵了。

▶ 혼나다是「靈魂跑出來＝遇到糟糕的事、被臭罵一頓」的意思。

延伸單字

시집（媤-：親家）

시집가다（媤-：出嫁）

유부녀（有夫女：已婚女性、
　　　　有夫之婦）

예비엄마（豫備-：準媽媽）

今天來
喝一杯吧！

解說

丈夫稱妻子為「와이프」、「아내（妻子）」或「집사람（家裡的人）」。年輕夫婦會使用第二人稱「자기（親愛的）或「오빠」，中年或老年夫婦則用「여보（老公／老婆）」或「당신（你）」。「당신」原本是第二人稱尊稱，但僅用於夫妻之間或書面語。除此之外，當兩人處於爭吵的狀態時，它會以口語的形式出現。「당신 아까 뭐라 그랬어？」（你剛剛說什麼？）❸「準」的狀態則用「예비（豫備）」表現。訂婚時，就可以說「예비신랑（準新郎）」和「예비신부（準新娘）」。

mamaboi

마마보이 名

【mamaboy】《俗》媽寶男

[例] 마마보이 남편과 아들바보 시어머니.
mamaboi nampyeongwa adeulbabo sieomeoni
媽寶老公跟溺愛兒子的婆婆。

> 延伸單字
>
> 마마걸 (mamagirl : 媽寶女)

啊，媽媽～

解說

在儒家思想中，養育好兒子被視為母親的使命，因此母子之間的關係
會趨於親密。依賴母親的兒子會被周遭的人瞧不起，稱為「마마보이
（mamaboy）」。另一方面，溺愛兒子的父母被稱為「아들바보（兒子傻
瓜）」。自戀的男人會表現得像他們認為自己是王子一樣，這就是為何他們被
稱作「왕자병（王子病）」。換成女性，就是「공주병（公主病）」。溺愛女
兒的父母則稱為「딸바보（女兒傻瓜）。

유교보이 名
yugyoboi

【儒教 boy】《俗》儒家男孩

nochul-eul kkeolyeohaneun yugyoboi
[例] 노출을 꺼려하는 유교보이.

不願意暴露肌膚的儒家男孩。

▶ 노출（露出：暴露肌膚）、꺼리다（顧忌）

延伸單字

보수남（保守男）

유교걸（儒教 girl）

包緊

解說

這個字是用來戲稱恪守儒家禮儀的保守男性。當一個人表現出彬彬有禮的行為舉止，或擔心暴露自己的肌膚時，就可能會被這樣說。如果某人的舉止「正經、謹慎」，則稱為「조신하다（操身-）」。「다리 모으고 조신하게 앉다」（雙腿併攏，正經八百地坐著）。對於女性，也會使用「참하다（文靜）」。相反地，形容「粗俗」則用「상스럽다（常-）」或「천박하다（淺薄-）」。

hyoja

효자 名

【孝子】孝子

[例] 효자 났네, 효자 났어.
　　hyoja natne　hyoja nass-eo
　　超級孝順的人。

▶ 直譯為「孝子出現了，孝子出現了」。

延伸單字

효도（孝道：孝行）
효녀（孝女：孝順的女兒）
효자손（孝子 - ：孝子的手＝
　　　　不求人）

我家的孩子...

解說

某某經常打電話給家裡，逢生日或連假就回家；某藝人買了房子送給父母。之
所以有這麼多這樣的軼事，是因為社會上存在一種尊孝的氛圍。「효자 났네」
是對孝順之人的讚美，但根據上下文也可能具有諷刺意味。類似的表現還有
「경사 났네, 경사 났어（可喜可賀）」。透過增加收視率和銷售量來為公司做
出貢獻的行為，稱為「효자 노릇（孝子義務）」，商品則稱為「효자 상품（孝
子商品）」。另一方面，強行要求家人孝順父母也被視為一個問題。

불효자 名

bulhyoja

【不孝子】不孝子

[例] 이런 불효자가 있나….
ileon bulhyojaga inna

竟然有這種不孝子……

延伸單字

패륜아（悖倫兒：違反道德倫
常之人）
막장부모（－父母：狗血父母）

這什麼分數…

解說

不盡子女義務，或先於父母而死者，亦為不孝。「你這個不孝子!」就是「이
불효자식!」不只是父母和子女，不遵守夫妻或兄弟姊妹的道德標準或觸犯禁
忌的行為，都被稱為패륜（悖倫：違背做人的倫理）。電視劇《九轉時光的旅
行》的主角，因為穿越時空改變了過去，導致女友變成了自己的姪女。他在劇
中便說道，「만나면 패륜이 되거든.」（一旦我們交往，就會違反道德）。

chomyeon

초면 名

【初面】初次見面

chomyeon-e　sillyejiman
[例] **초면에　실례지만….**

初次見面失禮了……

你的背後
有標籤…

?

解說

「초면（初面）」的意思是「初次見面」。「這是我們第一次見面吧？」
就是「우리 초면이죠？」「陌生人，完全不認識的人」也被稱為「생판 모르
는 사람」。使用到초的單字還有「初學者」——「초보（初步）」、「초보
자（初學者）」，以及「新手、生手」——「초짜（初-）。另一方面，「大
師、高階者、老鳥」，則稱為「고수（高手）」。例如「게임의 고수（職業玩
家）」，「고수가 나타났네.」（高手現身了）。

gumyeon
구면 名

【舊面】面熟

[例] uli gumyeon-ijyo
우리 구면이죠 ？

我們是不是在哪裡碰過面？

唉？

啊！

解說

相反地，「구면（舊面）」指的是「故舊，以前見過的人」。同樣，使用到「구（舊）一詞的單字還有「친구（親舊）」，意思是「老熟人，老朋友」。「見過面的人，認識的人」也被稱為「아는 사람（互相認識）」或「아는 사람（認識的人）」。「오랫동안 알고 지내다（認識很久了）」的意思則是「從以前就認識的熟人」。「以前」是「옛날」。民間故事開頭的「從前從前…」，在韓國則是用「호랑이 담배 피우던 시절…」（當老虎抽菸斗的時候）這個俗語來表達。

dokkaebi

도깨비 名

鬼怪

ajeossi dokkaebi maj-jyo

[例] 아저씨 도깨비 맞죠 ？

大叔，你是鬼怪吧？

延伸單字

저승사자（黃泉的使者＝死神）

홀리다（被迷惑，被欺騙）

解說

「도깨비」是韓國代表性的妖怪。據說牠會展現出超乎常人的力量，對人類惡作劇，也有一說鬼怪是由掃帚變成的。如同電視劇《孤單又燦爛的神—鬼怪》中，有令人印象深刻的「메밀꽃（蕎麥花）」登場一樣，據說鬼怪也喜歡吃蕎麥麵。「술래잡기（鬼抓人）」、「숨바꼭질（捉迷藏）」、「무궁화 꽃이 피었습니다（木槿花開了）」（譯注：即《魷魚遊戲》中的「123木頭人」）等兒童遊戲中的「鬼」，則是「술래」。

귀신 _{gwisin} 名

【鬼神】鬼魂，幽靈

_{gwisinboda museoun ge salam-iji}
[例] 귀신보다 무서운 게 사람이지 .

人比鬼還可怕。

▶ 무서운 게＝무서운 것이。

真是
太可怕了…

解說

與電影和電視劇中經常出現的「좀비（殭屍）」不同，傳統的鬼魂被稱為「귀신（鬼神）」。韓國人也同樣害怕怨靈。他們相信，未婚青年死後會留在「이승（現世）」作惡。未婚女子的鬼魂被稱為「손각시或「처녀귀신（處女鬼神）」，其特徵是身著白衣。如果是未婚男子，則被稱為「몽달귀신（-鬼神）」。「世上發生的不可思議、無法解釋的事」，在韓語中稱為「귀신이 곡할 노릇（就像鬼哭一樣）」。

eolgul

얼굴 名

臉

jalsaeng-gin eolgul boyeo dallagoyo
[例] 잘생긴 얼굴 보여 달라고요?

妳說想看看我帥氣的臉龐嗎?

▶ 보이다(給～看)+ - 어 달라고(為我做～)。

延伸單字

맨얼굴 생얼굴(素顏)

얼굴형(臉型)

용안(龍顏:君王的聖顏 ※
時代劇用語)

剛交往一個月

解說

「얼굴 천재(臉蛋天才)」是用來稱呼擁有美麗面孔的藝人(例如ASTRO的車銀優)。沒有整形過的「天然帥哥」被稱為「자연산(自然產)」或「모태미남(母胎美男)」。對某人的臉很小感到驚訝,通常會握緊拳頭說「얼굴이 이만해(臉只有這麼大)」。「얼굴이 반쪽이 되다(臉變成一半)」就是「臉變瘦了」的意思。「人面廣」在韓語中則翻成「발이 넓다(腳很寬)」。「낯」也是「臉」的意思,「얼굴」原本則似乎是用來指整個身體。

meori
머리 名
頭，頭髮

[例] meori gullineun lideo
머리 굴리는 리더 .

絞盡腦汁（費盡心思）的隊長。

延伸單字

가르마（頭髮的分邊）

정수리（頂 -：髮旋，頭頂）

구레나룻（鬢角）

解說

「머리」也有「頭髮」的意思。這個字也用於直髮——「생머리（生-）」
和貴賓狗般的捲髮——「뽀글 머리（小捲髮）」。韓語也會使用「금발（金
髮）」、「은발（銀髮）」和「 흑발（黑髮）」等漢字詞彙。「머리」有時
還會用來當作通俗用語的後綴詞，例如「인정머리 없는 사람들（沒有人性的
人）」、「저 못된 버르장머리（那個習慣＝沒禮貌的時候）」。「인정머리」
是「인정（人性）」加上「머리」，「버르장머리」是「버릇（習慣）」加上
「머리」。

ssangkkeopul

쌍꺼풀 名

【雙-】雙眼皮

ssangkkeopul-i jinhan pyeon-ieyo

[例] 쌍꺼풀이　진한 편이에요.

雙眼皮很明顯。

▶ 直翻為「雙眼皮很深」。

延伸單字

눈썹（眉毛）

속눈썹（睫毛）

눈꺼풀（眼皮）

속쌍꺼풀（內雙）

解說

成雙（쌍）的「눈꺼풀（眼皮）」就是「쌍꺼풀（雙眼皮）」。在不久前的韓國，無論男性或女性，쌍꺼풀都被視為美麗的絕對象徵，「쌍꺼풀 성형 수술（雙眼皮整形手術）」也是「가장 흔한 수술（最普遍的手術）」。「雙眼皮很明顯」叫做「진한 쌍꺼풀（雙眼皮很深）」。張東健、元彬、金來沅、李敏鎬都是有明顯雙眼皮的代表性藝人。拼音跟雙眼皮很像的「커플」則是「夫妻／情侶」（couple）的意思。

mussang
무쌍 名
【無雙】單眼皮

mussang-inde nun-i keoyo
[例] 무쌍인데 눈이 커요.

雖然是單眼皮，但眼睛很大。

解說

象徵2020年代的人氣帥哥主要都是「鹽系男」。宋仲基、樸寶劍、BTS防彈
少年團的金碩珍等代表人物都是單眼皮。「單眼皮」也稱為「무쌍」或「무
꺼풀」，是「무쌍꺼풀（無雙眼皮）」的縮寫。「單眼皮」也可以說成「쌍꺼
풀이 없다（沒有雙眼皮）」，「雙眼皮」也可以說成「쌍꺼풀이 있다（有雙眼
皮）」。說到將單眼皮魅力發揚光大的女性藝人，大概就是出演電視劇《鬼
怪》的金高銀，還有出演電影《寄生上流》的朴素丹了。

nunmae

눈매 名
眼神，眼形

giljjukhan nunmae
[例] 길쭉한 눈매 .

　　細長的眼睛。

延伸單字

눈알（眼珠）

눈동자（瞳孔）

삼백안（三白眼）

解說

清爽的「눈매」是典型的「핸섬페이스（帥臉，handsome face）」。「 - 매」
是代表「形狀」的後綴詞，用於「몸매（體型）」等詞彙。以BTS的成員來比
喻的話，像金泰亨這樣「細長的眼形」就是「길쭉한 눈매」；像田 國的「圓
（동그랗다）眼」就是「동그란 눈매」；閔 其一笑就會「像線（실）一樣細
長的眼睛」則稱為「실눈」。「眼神」也叫做「눈빛」。「눈빛 연기」的意思
就是「用眼睛演戲，訴諸眼神的演技」。

konnal

콧날 名

鼻樑

[例] **ottukhan konnal**
오뚝한 콧날
高挺的鼻梁。

延伸單字

콧물（鼻水）
코를 풀다（擤鼻子）
코를 골다（打鼾）

解說

「鼻梁」是「콧날」。「날」有「刀刃」的意思。像BTS的鄭號錫這樣的「高挺的鼻梁」被稱為「오뚝한 콧날」。至於其他鼻子部位，「鼻柱」是「콧대」。「콧대를 꺾다（折斷鼻柱）」的意思就是「挫對方銳氣」。「鼻翼」是「콧방울」，「鼻孔」是「콧구멍」，「鼻尖」是「코끝」。我們會說在「眼前」，但韓語則是說「鼻前」（코앞）。「목적지가 코앞인데…」（目的地就在眼前…）。

jeotsal

젖살 名

（小時候的）嬰兒肥

jeotsal da eodi gass-eo
[例] 젖살 다 어디 갔어 ?

嬰兒肥消失到哪去了 ?

> 延伸單字
>
> 앳되다（顯得年輕）

嬰兒肥
竟然都…

COME BACK

煥然一新！

解說

「젖살（吃奶長的肉）」指的是圓潤飽滿的臉頰。這是娃娃臉的象徵，會激發人的母性本能。「스무살 넘었는데 아직도 젖살이 안 빠졌어 .」（明明已經超過20歲了，臉上的嬰兒肥還是消不掉）。眼睛下方膨脹的部分則是「臥蠶」は「애교살（撒嬌肉）」。就算長了也不會開心的「肚肉」是뱃살。象徵疲憊和衰老的則有「다크서클（dark circle：黑眼圈）」、「잡티 기미（瑕疵‧黑斑）」和「팔자주름（法令紋）」。

bojogae

보조개 名

酒窩

yeppeun bojogaega teuleideumakeu

[例] 예쁜 보조개가 트레이드마크 .

漂亮的酒窩就是招牌。

延伸單字

주근깨（雀斑）

점（痣）

여드름（青春痘）

解說

說到BTS的金南俊，「보조개」就是他的招牌。「웃으면 쏙 들어가는 보조개 .」（微笑時就會現出酒窩）。「臉頰」則叫做「볼」或「뺨」。和「귀」（耳朵）相關的單字，還有「耳垂」－「귓불」、「福耳」－「복스러운 귀」、「第一次聽到」－「금시초문（今時初聞）」、「聽錯」－「헛들음（誤聽）」、「吐司邊（吐司的耳朵）」－「식빵 자투리」等等。

ibsul

입술 名

嘴唇

[例] **ibsul jjuk**
입술 쭉.

　　嘟起嘴唇。

延伸單字

윗입술（上唇）
아랫입술（下唇）
잇몸（牙齦）

解說

嘟起嘴唇的姿勢是「입술 쭉（嘴唇啾）」。如果嘟得的更明顯，就是「입술 쭈욱（嘴唇啾～）」。像EXO的都敬秀.一樣紅潤豐滿的嘴唇是「앵두 입술（櫻桃般的嘴唇）」。「입술이 터지다」意指「唇部乾燥、裂開」。「입꼬리가 올라가다（嘴角上揚）」表示「微笑」的動作。常在電視字卡上出現的「광대승천（頰骨升天）」指的是「滿面笑容」的意思。

턱선 名
teokseon
【-線】下顎線

[例] **베일 것 같은 턱선 .**
<small>beil geot gat eun teokseon</small>

像刀子一樣銳利的下顎線。

▶ 베이다는 베다（用刀子等東西切割）的被動形。

銳利

解說

偶像和演員們對於清晰的臉部輪廓非常講究。「날렵한 턱선（銳利的下巴線條）」或者「베일 것 같은 턱선（像被切割過般銳利的下巴線條）」都是日常保養的成果。「雙下巴」則是「이중턱（살）」或「턱살이 잡히다（抓得住下巴的肉）」。「주걱턱」是指「戽斗」。❽「선」指的是線條，「舞蹈線條」就是「춤선」。

sonbadak
손바닥 名
手掌

seutadeul-ui sonbadak haendeupeulinting
[例] 스타들의 손바닥 핸드프린팅 .

明星們手掌的手印。

延伸單字

발바닥（腳底）
혓바닥（舌頭的表面）

STAR ☆ AVENUE

解說

「手掌」就是「손바닥」。「바닥」意指「平坦的部分、下面的部分」。看手相（손금）時說「請把手掌打開」就是「손바닥 펴 보세요」。形容「很狹窄」可以說「손바닥만 하다（只有手掌大小）」，例如「손바닥만 한 텃밭（很狹小的家庭菜園）」。被打了要抱怨很痛時，可以用「손이 맵다（辣手）」來表達。而「엄마손은 약손（母親的手是藥的手）」是指「痛痛飛走吧」的意思。

sondeung
손등 名
手背

[例] sondeung-e kiseu
손등에 키스.
親吻了手背。

延伸單字

등딱지（螃蟹或烏龜的甲殼）

解說

韓語中的手背、腳背都用到了「등（背）」這個字。腳背稱為「발등」，把手和腳當成一組記下來吧。「손등에 핸드크림을 발라요」就是「在手背上擦護手霜」。「등골」指的是「脊椎」。「등골브레이커（脊椎破壞者，指啃老族）」是一個新造語，指的是強迫父母買昂貴的東西給自己，讓他們被沉重負擔壓得脊椎彎曲的「불효（不孝）」行為。BTS的歌曲中也有以此為題的歌曲。

eomji

엄지 名

【-指】大拇指

eomjicheok
[例] **엄지척** ！

　　　超讚！

▶ 척是副詞，表示痛快豎起大拇指。

延伸單字

중지 가운뎃손가락（中指）
약지 약손가락（無名指）
엄지발가락（腳的大拇指）

解說

豎起大拇指的姿勢稱為「엄지척」。「엄지를 치켜세우게 만드는 맛집 .」就是「能讓人豎起大拇指的美食店」。這個姿勢以前被稱為「따봉」。雙手豎起大拇指就是「쌍따봉」。將엄지和검지 집게손가락（食指）交叉成愛心形狀的「손가락 하트（手指愛心）」據說也起源於韓國。順便一提，大拇指也被稱為「엄지손가락」。「지」和「손가락」分別是漢字詞和固有語的「手指」，所以是一種重複表現。

saekkisongarak
새끼손가락 名
手的小指

[例] saekkisongarak geolgo maengse
새끼손가락 걸고 맹세 .

　　打勾勾許下約定。

▶ 맹세（盟誓：誓約）。

延伸單字

새끼발가락（腳的小指）
손톱（指甲）
손톱깎이（剪指甲）

解說

講到小指時，比起漢字詞的「小指」，更常使用固有語的「새끼손가락」。
「（用小指）打勾勾許下約定」，則是「새끼손가락 걸고 맹세」或「새끼손가
락 걸고 약속」。關於手指的諺語還有「열 손가락 깨물어 안 아픈 손가락 없다」
（咬了十根指頭，沒有一根指頭不會痛＝所有孩子都很重要）。「손 가락질」
就是「指」的動作。「손가락질을 받다」就是「遭人指指點點」的意思。

eokkae

어깨 名

肩膀

eokkae-leul jumulleo deulilkkayo
[例] **어깨를 주물러 드릴까요?**

要幫你按摩一下肩膀嗎?

▶ 주무르다就是「按摩」的意思。

很僵硬耶～

延伸單字

《俗》상남자(上男子:男子漢)

가슴팍(胸膛)

초콜릿 복근(chocolate 腹筋:明顯的六塊肌)

解說

肩膀的寬度和厚度是男子氣概的象徵。像BTS的金碩珍、姜丹尼爾和宋江的「寬肩膀」被用俗語稱為「어깨 깡패(肩膀流氓)」。演員金宇彬、徐仁國、池昌旭、蘇志燮等人也是娛樂圈代表性的어깨 깡패。「형 어깨 넓은 거 다 알아요.」(我知道哥的肩膀很寬)。開心地搖動肩膀跳舞被稱為어깨춤(肩膀舞)。

다리 名

dari

腿

[例] **정국이　다리 길이 실화냐？**
jeong-gug-i dari gir-i silhwanya

柾國那腿長，真的假的？

▶ 실화냐（真的假的）是年輕人用語。

延伸單字

허벅지（大腿）
무릎（膝蓋）
종아리（小腿）
팔다리（四肢）

腿超長！

解說

韓語中「腿細」是用「腿薄」來表示，說成「다리가 얇다」。「腿受傷」則是「다리 부상」（腿負傷）。動物的腿一樣稱為「다리」，前腿是「앞다리」，後腿是「뒷다리」。炸雞中最受歡迎的部位是「닭다리」（雞腿）。從「발목」（腳踝）開始往前的部分稱為「발」（腳），往後的部分稱為「다리」（腿）。「맨발」是「赤腳」，如「맨발로 춤을 추다」（赤腳跳舞）。「발끝」是腳尖，所以指尖就是「손끝」；「발뒤꿈치」是腳後跟，所以手肘就是「팔꿈치」。

deong-eori

덩어리 名

塊，團

langseuleoun maelyeog deong-eorideul
[例] 사랑스러운 매력 덩어리들 .
可愛又有魅力的（一團）孩子們。

延伸單字

응어리（心裡的疙瘩）

解說

在娛樂圈中經常使用的是「매력 덩어리」（魅力的塊，指充滿魅力的人）。
「의혹 잇따른 비리 덩어리」（疑慮接踵而至、不正之塊）則是「정치인」（政
治人：政治家）常說的話。「핏덩어리」（血塊）指的是「剛出生的嬰兒」，
即「신생아」（新生兒）。「핏덩어리 바꿔치기」（替換新生兒）是韓劇中常
見的情節。「골칫덩어리」（讓人頭痛的塊）則指的是「麻煩人物」，如「집
안 골칫덩어리」（一家之中的麻煩人物）。

al

알 名

粒

ssialdo an meokhyeo

[例] 씨알도 안 먹혀 .

完全戳不到笑點（連穀粒般大小的笑點都沒有）。

▶ 먹히다（梗有中，戳中笑點）。

延伸單字

알약（藥丸）

알사탕（-沙糖：糖果）

총알（銃-：子彈）

밥알（飯粒）

到底哪裡好笑了 ...?

解說

「알」是「蛋」或「粒」，意指「像珠子般的小東西」，也稱為「알갱이」。「콩알만 하다」意為「像豆粒一樣」。更小的「mini、petit」則使用「깨알」（芝麻粒）。不過，「깨알 같다」並不是指「很小」的意思，而是一個新造語，指的是雖然微小卻有存在感的東西，如「깨알 같은 웃음을 선사」（展現出機靈的笑容）。「눈알」是指「眼珠」，如「눈알이 빠질 뻔」（（驚訝到）眼珠幾乎掉出來了）。

멋있다 [形]
meositda

帥氣

[例] 나도 멋있는 거 좀 하면 안돼요?
nado meos-itneun geo jom hamyeon andwaeyo

我也可以做一些很酷的事嗎？

延伸單字

세련되다（洗練 -：幹練，時尚）

笑點
擔當

解說

這裡為各位介紹可以代替「멋있다」表達「帥氣、酷」的詞彙。除了還能用「멋있다」或「근사하다」（兩者類似）來表示「帥氣」外，「멋（帥）」也可以用「폼（form）」來表現。「폼나다（form出來了）」就是年輕人常說的「帥氣」。還可以將「예쁘다」（漂亮）用於表示「帥氣的事物」，例如「내모자 예쁘지?」（我的帽子漂亮吧？）

chonseureobda
촌스럽다 形

【村-】土氣

geu sijeol-eneun mani chonseureowossijyo
[例] 그 시절에는 많이 촌스러웠죠.

那個時候看起來也太老土了吧。

▶ 시절（時節：時代）。연습생 시절（練習生時代）。

練習生時代

那時看起來
好土……

解說

「不帥氣」可以說成「멋이 없다（沒有帥度）」或「안 멋있다」，形容「土氣」則可以說成「촌스럽다」或「구리다（低俗）」。如「촌스럽게 보이는 패션」（看起來土氣的時尚）、「이웃 예뻐요? 구려요?」（這衣服好看嗎? 還是很俗?）。「초라하다（寒酸）」、「보잘것없다（微不足道）」、「볼품 없다（不成樣子）」等詞語，則是用於自貶的場合。

jalsaenggida

잘생기다 [動]

長得好看

[例] uli oppadeul neomu jalsaeng-giji anh-ass-eoyo
우리 오빠들 너무 잘생기지 않았어요?

我家的歐巴們也太帥了吧?

延伸單字

얼짱(Ulzzang,臉讚)

존잘남(超級帥哥)

太帥了吧!!

Idol TV

解說

要形容「長得好看」時,對男性使用「잘생기다(帥氣)」,對女性則使用「예쁘다(漂亮)」。「很帥」用的不是現在式的「잘생겨요」,而是過去式的「잘생겼어요」。「帥哥、美男子」可用「꽃미남(花美男)」或「훈남(薰男、暖男,定義較廣泛的帥哥)」。「像漫畫般的帥哥」則可以說「만찢남」,是「만화를 찢고 나온 남자(從漫畫中走出來的帥哥)」的略稱。

못생기다 動

mot-ssaenggida

長得醜

[例] 나 예뻐？ 아니， 못생겼어 ！
na yeppeo　ani　mossaeng-gyeoss-eo

我可愛嗎？　不，你醜死了！

我可愛嗎？

你醜死了。

解說

「못생기다（外表醜陋）」是一個激烈的用詞，但在「친한 사이」（關係親密的友人）之間很常使用。有許多網路漫畫改編的電視劇，如《我的ID是江南美人》、《女神降臨》等是以外모（外貌：容姿）焦慮為主題，敲響了對「외모지상주의」（外貌至上主義：lookism）的警鐘。比起外表好看但「미운 짓（行為醜陋）」的人，大家更喜歡「호감형（令人有好感的類型）」。

gwiyeobda

귀엽다 形

可愛

[例] **uli mangnae gwiyeowo jukgesseo**
우리 막내 귀여워 죽겠어.

我們家的忙內實在太可愛了。

延伸單字

사랑스럽다 (討人喜歡)

解說

我們傾向用「可愛」形容各種事物，但這個詞本來的意思是指「憐愛微小脆弱的事物、孩子或動物的心」。當使用「귀엽다」這個詞時，也應該意識到這層意思。還有其他表示「可愛」的詞彙。像「깜찍하다」用於描述「小而可愛的東西」，例如「깜찍한 아기」（可愛的嬰兒）。「아기자기하다」則用來表示「細緻而可愛的事物」，例如「아기자기하게 꾸민 방」（裝飾得很可愛的房間）。

yeppeuda

예쁘다 形

漂亮

eonni neomu yeppeoyo
[例] 언니 너무 예뻐요.

姊姊*太漂亮了。

延伸單字

예쁘장하다（漂亮）
곱다（漂亮，美麗）

姊姊
太漂亮了！

前往電視台
錄節目

太漂亮了！

（譯注：例句的姊姊（언니）是女性稱呼女性用。）

解說

日文單字「綺麗（kirei）」有外表華美（예쁘다）、整齊·整潔（깔끔하다）、乾淨（깨끗하다）等多種意思，但在韓語中，則各有不同的詞彙表達。廣義的「可愛」在韓語中是用 예쁘다」表達。對於年長的偶像，用「예쁘다（漂亮）」比「귀엽다（可愛）」更合適。這同時也有「精緻」的意思，因此可用於描述男性的時尚。「예쁘다」還有「聽話可愛」的意思。

提及身體部位用詞的俗語

這裡介紹的是電視劇和電影中經常聽到，提及身體部位的俗語。雖然不建議作為日常用語使用，但可以幫助你深入理解韓語。有時也會用於自己身上，表示謙遜的語氣。

모습（樣子）→《俗》꼴（外表、樣子）

如「이 꼴로는 못 나가요（這樣子無法出門）」、「꼴 보기 싫어（連他的臉也不想見到）」。「撞臉（長得很像）」可以用「닮은꼴」。也可以說「꼬라지」、「꼬락서니」或「꼴딱서니」。

얼굴、낯（臉）→《俗》낯짝、쪽（面容）

像「무슨 낯짝으로 여기까지 찾아왔어?」（你用哪張臉來到這裡的?）、「쪽팔리다（臉髒＝丟臉）」。

머리（頭）→《俗》골치、대가리（頭）

例如「골치가 아프다》（困擾、麻煩的比喻）、「생선은 대가리부터 썩는다」（魚從頭開始腐爛）。把「- 대가리」當作後綴會聽起來更粗俗。像「겁대가리도 없는 녀석（一點也不怕的傢伙）」、「맛대가리가 하나도 없다（一點也不好吃）」。

입（嘴巴）→《俗》아가리、주둥아리、주둥이（嘴巴）

「아가리 닥쳐（閉嘴）」比「입 닥쳐」語氣更強烈。像「아가리를 확 찢어 버릴라（要不我撕爛你的嘴）」是在《SKY Castle》劇中曾出現的臺詞。其他還有「주둥이를 들이밀다（插嘴、多嘴）」。

일（行為）→ -짓（行為、模仿）、-질（行為）、처（做了很多～）、《俗》- 짓거리（行為）

用來形容行為粗魯。像「인간이 할 짓이 아니다（不是人類該有的行為）」、「나쁜 짓거리（惡行）」。還有「덕질（追星行為）」、「도둑질（偷竊行為）」。其他像「밥을 처먹다」（狼吞虎嚥吃飯）、「방구석에 처박히다（關在房間裡）」、「얼굴에 처바르다（塗抹在臉上）」、「감옥에 처넣다（關進監獄）」。

Part
2

比較一下
社群媒體和電視節目
常用的單字吧

超緊張～

- 社群媒體常用單字
- 電視節目及追劇常用單字

phon

폰 名

【phone】手機

^{phon jom geuman manjyeo}
[例] 폰 좀 그만 만져 .
不要再滑手機了。

▶ 그만 ~（停止做某事）。

別人在說話的時候不要一直滑手機！

解說

在行動電話時代，人們會說「휴대전화（攜帶電話）」、「휴대폰（攜帶 phone）」或韓製英語「핸드폰（hand phone）」。隨著智慧型手機（스마트폰）普及，略稱不再是「스마폰」，而是變成「폰」。例如「새 폰 샀어（買了新手機）」、「폰 번호 뭐야？」（手機號碼是多少？）。描述手機「收到訊號」或網路「連上了」則會用「터지다」。例如「폰이 터지다（手機有訊號）」、「폰이 안 터지다（手機沒有訊號）」。

keom

컴 名

【com】電腦

keommaeng-isin uri abeoji
[例] **컴맹이신 우리 아버지 .**
我爸是電腦白痴。

▶ 컴맹（com 盲：電腦白癡）。

延伸單字

노트북（筆記型電腦）
데스크탑（桌機）

不會用……

解說

컴퓨터（computer）的略稱。也可以說成「피시（PC）」。「電腦鍵盤」是「컴 자판（com字板）」。90年代開始流行的「피시방（PC房：網咖）」，到現在仍是十幾、二十幾歲青少年的代表性遊樂場所。韓國的線上遊戲之所以如此發達，一部分原因也是拜許多年輕人長時間聚集在網咖所賜。「태블릿（平板電腦）」略稱為「탭」。

jamgeumhaeje

잠금해제 名

解鎖

hombeoteun nulleo jamgeumhaeje
[例] 홈버튼 눌러 잠금해제 .

按下Home鍵解鎖。

▶ 누르다是「按」的意思。

延伸單字

잠금 화면（鎖定畫面）

解說

「잠금」是「잠그다（鎖上）」的名詞形，在手機或電腦上則是「鎖定」的意思。在手機或平板上「左滑右滑」的操作稱為「밀다（推）」。「밀어서 잠금해제（滑過去 解除鎖定）」經常被惡搞，也曾在BTS歌曲的歌詞中登場。過去式是「문 잠갔어？」（門有鎖了嗎？）。「扣上扣子」也叫做「단추를 잠그다」。寫在門把上的「Lock」是「잠금」，「Open」則是「열림」。

bibeon
비번 名

【秘番】密碼（「秘密番號」的略稱）

bibeon-i teullyeossdaeyo
[例] 비번이 틀렸대요 .

密碼好像錯了。

▶ - 대요是間接引述。했대요（聽說）。

密碼輸入
錯誤

好奇怪啊 ...

解說

不僅用於登入手機或電腦，因為在韓國很多人家裡都使用數字鎖，所以連打開門也需要輸入비밀번호（秘密番號）。大多數人略稱為「비번」。例如「비번을 누르다（按下密碼）」、「홧김 에 현관문 비번 바꿔 버렸어요（一怒之下把大門密碼換掉了）」。「鎖」是「자물쇠」，「鑰匙」是「열쇠」。車子或家裡的鑰匙也可以說成「키（key）」，如「차 키」（車鑰匙）、「집 키」（家裡鑰匙）。

067

jjal

짤 名

《俗》圖片（主要來自網路）

yeon-yein jjal mo-eum
[例] **연예인 짤 모음 .**

　　藝人的圖片合輯。

▶ 「모음」是「모으다」（收集）的名詞形。

延伸單字

남친짤（男友風照片）

여친짤（女友風照片）

解說

在發文需要附圖的社群網站上，為了避免被管理者刪文，人們會上傳「잘림방지용 이미지（防刪圖）」，這些圖片便被略稱為「짤방」或「짤」。「짤」這個詞源自於口語中「잘리다」發音為「짤리다」的習慣。GIF動畫（움직이는 짤：動圖）則被略稱為「움짤」，代表著動態圖像。製「짤」達人會在社群媒體上發布流傳圖片，存圖收集的行為（줍는 행위）被稱為「짤줍」。有時人們也會用英文的「밈」（meme）來代替「짤」。

bokbut

복붙 名

【複-】《俗》複製貼上

eomma bokbut eolgul

[例] 엄마 복붙 얼굴.

複製貼上了媽媽的臉。

一模一樣！

解說

網路世界常使用許多縮寫詞和新造詞。「Copy」被稱為「복사」（複寫），「Copy & Paste」（복사하기 & 붙여 넣기）就被略稱為其縮寫「복붙」。「논문 복붙 논란」就是「論文抄襲風波」。「抄襲論文」或「抄襲音樂」等也稱為「표절」（剽竊）。在綜藝節目的字幕中，有時會用電腦快捷鍵「Ctrl＋C，Ctrl＋V」來取代「복붙」。

yeongtong

영통 _名

【映通】視訊通話（「映像通話」的略稱）

yeongtongpaenssa cheoeum-ira neomu tteollyeo
[例] 영통팬싸　　처음이라 너무 떨려.

第一次參加視訊簽售，所以很緊張。

第一次視訊簽售，
超緊張～

解說

「영통」是「영상통화（映像通話：視訊通話）」的略稱。視訊簽售會，即「영상통화 팬사인 회（視訊通話粉絲簽名會）」，略稱為「영통팬싸」。形容「線上」或「遠端」，也會使用「온라인（on-line）」、「랜선（LAN線：線上）」、「비대면（非對面：非面對面）」等詞彙。例如「온라인 콘서트（線上演唱會）」、「온라인 집들이（線上喬遷新居）、「랜선 여행（線上旅行）」、「랜선 소개팅（線上相親）」、「비대면 진료（非面對面診療）」、「비대면 수업（非面對面課程）」等。

dika
디카 名
數位相機

[例] 디카로 예쁘게 찍었어요．
dikaro yeppeuge jjik-eoss-eoyo

我用數位相機拍了超棒的照片。

我用數位相機
拍的唷！

好好喔～

解說

「디지털카메라（數位相機）」的略稱並非「디지카메」。裝了像「대포（大砲）」一樣巨大望遠鏡頭的相機稱為「대포카메라（大砲相機）」，是「홈마（Home Master：站姐）」們必備的裝備，用來追蹤藝人、拍攝照片，修圖美化後上傳至社交媒體或網站。「攝影機」稱為「캠코더（camcorder）」，因此粉絲拍攝的影片便稱為「팬캠（fancam：飯拍）」，單獨捕捉特定成員的影像則被稱為「직캠（直cam：直拍）」。

gyejeong

계정 名

【計定】 帳號

[例]
na inseuta gyejeong mandeul-eoss-eo
나 인스타 계정 만들었어 .

我開了一個IG帳號喔。

解說

在智慧手機和社交媒體上，很容易產生省略語。指稱「帳號」的「계정」常被略稱為「계」。官方帳號則稱為「공계（公計）」。「공계가 올려준 사진」指「官方帳號上傳的照片」。本帳稱為「본계（本計）」，小帳稱為「부계（副計）」。而「非公開帳號（私人帳號）」的略稱則是「비공계 계정（非公開計定）」的「비계（非計）」。

peusa

프사 名

頭貼（「profile 寫真」的略稱）

gongka peusa selkalo bakkwieoss-eo
[例] 공카 프사 셀카로 바뀌었어 .

官方帳號的頭貼變成自拍照了。

▶ 바꾸다是「去改變」，바뀌다是「被改變」。

解說

「프사」是「프로필사진（profile寫真）」的略稱。指的是「공식 카페（官方網站）」的照片，或是「카카오톡（KakaoTalk）」等社群媒體帳號上的照片。「카톡 프사 최애 남친짤로 해놔야지 .」（我把KakaoTalk上的頭貼換成我本命的男友照了。）「배사」則是「배경사진（背景寫真：鎖定畫面的桌布等）」的略稱。「스샷」是「스크린샷（screenshot）」的略稱。「빛삭」是「빛의 속도로 삭제」（光速刪除）的略稱，「秒刪」的意思。

jeojang

저장 名

【貯藏】保存

[例] pon-e membeodeul ileum mworago
폰에 멤버들 이름 뭐라고
jeojanghaess-eoyo
저장했어요 ?

你的手機裡把成員們的名字存成什麼了？

延伸單字

벨소리（bell-：鈴聲）
부재중 전화（不在中電話：未
接來電）

我想
問問題！

視訊通話中

解說

網路和智慧手機用語中有許多日韓共通的外來詞，但也存在微妙的差異。在智慧手機或電腦上「保存」資料叫做「저장（貯藏）」。例如「음성 사서함에 저장된 음성 메시지」（音聲私書函＝電話錄音中保存的語音留言）、「사진첩에 저장된 사진들」（寫真帖＝存放在相簿中的照片）。其他如「도움말」（說明／幫助）、「기본값」（預設）、「책갈피」（書籤）等用語，則是使用固有語，而非英語。

읽음 名

ilg-eum

已讀

[例] 읽음 표시만 한 채 답이 없다.
ilg-eum pyosiman han chae dab-i eobsda

他沒有回我，只有已讀。

▶「읽음 표시」是「已讀標記」。

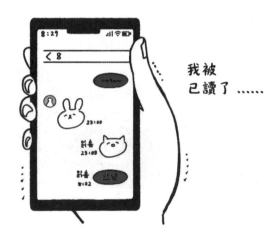

我被
已讀了……

解說

不管是哪國人都很在意已讀。「메시지를 보냈는데 읽음 표시가 뜨지 않아요.」（傳了訊息過去但沒顯示已讀）。「未讀」是「읽지 않음」。「已讀不回」是「읽고 씹기（讀了卻不回）」的縮寫「읽씹」。另外，「안읽씹」就是「안 읽고 씹기」，表示「未讀不回」。「씹다」（咀嚼）在俗語中意指「貶低，無視（對方的言論或郵件）」的意思。「封鎖」則是「차단（遮斷）」。

gudok

구독 名

【購讀】訂閱

[例] 구독 좋아요 알림 설정 !
gudok joh-ayo allim seoljeong
訂閱、按讚、開啟小鈴鐺！

訂閱我們的頻道吧！

Ⓐ Idol TV   訂閱

解說

YouTube 的「訂閱」按鈕韓文是「구독（購讀）」。「訂閱人數」則是「구독자수」。「유튜브 구독자 수가 6천만 넘었어요 .」（YouTube 的訂閱人數超過6,000萬人。）社群媒體跟 影音網站上都有的「讚」按鈕則是「좋아요」。「影片」叫做「동영상（動映像）」。「동영상 찍어 봤어요 .」（我嘗試拍了一段影片。）

allim

알림 名

通知

inseuta laibeu allim-i tteoss-eo
[例] 인스타 라이브 알림이 떴어 !

我收到IG直播通知了！

▶ 「뜨다」敬請參照第 78 頁。

收到 IG
直播通知了♪

解說

「通知」叫做「알림」。「通知設定」叫做「알림 설정」。「提醒事項」的「미리 알림（事先通知）」和「稍後提醒」的「다시 알림 기능（再次通知的功能）」也是用「알림」。「알림은 항상 켜 놓으세요 .」（請把通知保持開啟。）來自粉絲俱樂部等的「公告事項」，則稱為「공지 사항（公知事項）」。

kkalda

깔다 動

鋪，放進

eopeul-eul saelo kkalda
[例] 어플을 새로 깔다.
安裝了新的應用程式。

延伸單字

다시 깔다（重新安裝）

從這裡
下載 APP！

tteuda

뜨다 動

浮起，出現

silteue tteuda
[例] 실트에 뜨다.
登上了即時趨勢。

＼登上熱門話題／

12:34

流行趨勢　新聞　體育

トレンド

1 # BTS

2 # BTSJIMIN

解說

「安裝」應用程式、APP等到智慧手機或電腦上可以用「설치하다（設置）」或是「깔다」。而「뜨다」則指影片（동영상）或公告（공지）等「被公開」的情況，以及在智慧手機或電腦螢幕上「出現」的事物。比如說，「콘서트 공지가 뜨다（演唱會公告發布了）」、「이상한 광고가 뜨다（出現了奇怪的廣告）」。Twitter等社群媒體的「실시간 트렌드」（即時趨勢）略稱為「실트」，而「실트

dalda

달다 動

掛起，裝上

haesitaegeu-leul dalda
[例] 해시태그를 달다 .

新增主題標籤。

naerida

내리다 動

拿下，刪除

akka ollin geul-eul naerida
[例] 아까 올린 글을 내리다 .

我要把剛才發的推文刪了。

延伸單字

올리기 업로드（上傳）

내려받기·다운로드（下載）

\搞錯了/

解說

에 뜨다」則是指「登上即時趨勢」的意思。「送出」留言、回覆或提及，可以從趨勢下方掛起一連串文字的形象延伸到「달다」的用法。例如，「멘트를 달다（發表留言）」。「留言」用俗語可以說成「멘트」，也可以說「리플을 남기다（留下回覆）」。如果是直接傳送給自己的情況，則可以說「멘션이 날라오다（被提及）」、「답글이 오다（收到回覆）」。將照片、文章或貼文「刪除」的動作則是「내리다」，例如「실수로 잘못 내렸어요.」（不小心誤刪了。）

cheotbang

첫방 名

【-放】（節目）首播

oneul cheotbang notchiji masigo kkok boseyo
[例] 오늘 첫방 놓치지 마시고 꼭 보세요 .
請不要錯過今天的首播。

延伸單字

첫눈（初雪）첫사랑（初戀）
첫차（首班電車 · 公車）
첫 마디（第一句話，第一聲）
첫 곡（第一首歌，第一曲）

解說

「첫방（首播）」是「첫 방송（初回放送）」的略稱。「본방」則是相對於
「재방송（再放送）」的「本放送」的略稱。目前風靡全球的串流影音觀賞
服務也已在韓國推出，名為「다시보기」。不是「다시보기」或「재방송」，
而是同步的「即時觀看」被稱為「본방사수（本放死守）」。「본방사수 하실
거죠 ?」（你會本放死守嗎？）「事前錄製」是「사녹」，略稱自「사전녹화
（事前錄畫）」。「劇透」則是「스포」，略稱自「스포일러（spoiler）」。

막콘 名

makkon

【-con】《俗》演唱會終場

[例] **막콘 파이팅!**
makkon paiting

終場了，加油！

▶「加油（fighting）」也可以寫成「화이팅」、「홧팅」等。

延伸單字

첫콘（演唱會首場）

마지막 회（最終回）

열린 결말（開放式結局）

最終場
加油！！！

解說

「콘서트 마지막 날」是「演唱會的最後一天」。「막-」就是「막내（老么）」的「막」，是表示「마지막（最後）」的前綴。「末班車」是「막차（-車）」。「막차 끊겼다고요?」（末班車開走了嗎?）「막바지」和「막판」都是指「結束，最後階段」，「마감」則表示「截止，關店」，例如「저희 식당 9시 마감이에요.」（我們餐廳是九點關門。）。「마무리」是「完成、結束」，例如「그럼 마무리를 하도록 합시다.」（那就收工吧。）

meokbang

먹방 名

吃播

[例] bae gopeunikka meokbang haebolkkayo
배 고프니까 먹방 해볼까요?
肚子正好餓了，來嘗試一下吃播吧？

> 延伸單字
>
> 쿡방（cook 放：煮播，烹飪影片）
>
> 잠방（- 放：睡播，播放睡覺樣子的影片，或睡覺時看的影片）

我來嘗試一下吃播吧！

解說

這是「먹는 방송」（吃＋放送）的略稱，指的是內容只有吃東西的影片。這類讓觀眾聽到咀嚼或吞嚥食物聲音、刺激大腦產生愉悅感的影片，屬於一種ASMR（自發性知覺神經反應）影片。它迅速風靡世界，尤其受到正在實踐「다이어트（節食）」或「자취생（自炊生：一人生活）」的人們喜愛。另外還有略自「눕는 방송（躺著放送）」的「눕방（躺播）」這類影片通常是在床上等舒適的位置，以放鬆的姿態拍攝。

saengbang
생방 名
【生放】現場直播

jigeum　saengbang　jung-ieyo
[例] 지금　생방　중이에요.

　　現正直播中。

解說

「생방송（生放送）」的略稱。韓國的電視劇常被揶揄為「생방（生放）」。這是因為製作過程與實際播出同步進行，雖然能反映觀眾的聲音，但拍攝因此無法趕上播出進度，導致演員和工作人員必須通宵工作，或臨時撰寫「쪽대본（當日劇本）」，需要即興演出的情況也屢見不鮮。這樣的嚴苛環境，或許也孕育出了高水準的演員和工作人員。近年來，「사전제작（事前製作）」的劇集增加，也進行了法律規範，拍攝環境似乎有了相當的改善。

정주행 名

jeongjuhaeng

【正走行】**從頭到尾看完一部作品**

[例] 드라마 정주행 했어요. 재미있게 봤어요.

deulama jeongjuhaeng haess-eoyo jaemiitge bwass-eoyo

我一口氣把劇追完了。實在太好看了。

我追完整部劇了～

解說

交通規則中的「정주행（順行）」和「역주행（逆行）」有時也會用來形容觀看連續劇的方式或排名的上下。從頭開始按順序觀看連續劇稱為「정주행」。「追完整部」則可以用「정주행을 마치다（順行完畢）」或「정주행을 완료（完成順行）」等方式來表達。要形容影視作品「很好看」，可以說「재미있게 봤어요（我看得很有趣）」；如果是形容讀物好看，則可以用「재미있게 읽었어요（我讀得很有趣）」。

yeokjuhaeng

역주행 名

【逆走行】 **重登排行榜**

eum-won chateu yeokjuhaeng il-wi
[例] 음원 차트 역주행 1위.

音源逆行登上排行榜第一名。

解說

歌曲從排行榜外爬回榜內的「音源逆行」稱為「역주행」。說到那些「역주행」的逆行神曲，就不得不提到女性偶像團體「브레이브걸스（Brave Girls）」（現稱BB Girls）。該團體於2017年發布的歌曲「롤린（Rollin'）」，在2021年迅速攀升為大熱門。在歌曲發布數年之後，又斬獲音樂節目冠軍的案例實屬少見，這也被形容為「영화 같은 역주행（電影般的逆行）」。

myubi

뮤비 名

MV

myubiga yeoldusie tteossneunde da deul bosyeoss-eoyo
[例] 뮤비가 12 시에 떴는데 다 들 보셨어요 ？

MV已經在12點的時候公開了，大家看了嗎？

大家有看
MV 了嗎？

解說

「뮤직비디오（music video：MV）」的略稱。韓國最早的MV，據說是歌手趙容弼的MV。對於故事風格MV的「해석」（解讀，考察）也很盛行。在新商品、新歌或新作發布前，公布一小部分預告的廣告手法「티저」（teaser）有吊人胃口的意味。在「뮤직비디오」或電視劇公開前發布的「티저」，往往能讓粉絲興奮不已，期待值上升。

seuming

스밍 名

刷榜，刷音源

seuming dollyeo

[例] 스밍　돌려！

快來刷榜！

▶「循環播放音源」稱為「스트리밍을 돌리다」。

必須刷榜！

解說

「스트리밍（streaming：串流）」的略稱。音樂串流播放與下載不同，它指的是透過音樂訂閱發行服務來播放和欣賞音樂。「음원（音源）」一旦發布，粉絲就會為了競爭播放次數而進行「스밍」的行為，這早已是K-POP粉絲們心照不宣的服務。粉絲們同心齊力刷榜的行為在飯圈用語中稱為「총공（總攻）」。雖然都是出自「팬심（粉絲心）」，但做過頭的「스밍」有時也會招致批評。

dingdongdaeng

딩동댕 名

叮咚當

[例] **dingdongdaeng jeongdab machisyeosseoyo**
딩동댕　　　정답　맞히셨어요.

叮咚當，答對了。

▶ 直譯為「叮咚當，你猜對正確解答了」。

綜藝節目的
問答環節

叮咚當

解說

在測驗中登場的「딩동댕（叮咚當）」是「정답（正確解答）」的效果音。就像歌唱綜藝節目裡面表示過關的音效。韓國也有類似形式的歌唱節目「전국노래자랑（全國歌唱大賽）」，從80年代開始放送至今。「딩동댕 유치원（叮咚當幼稚園）」則是韓國有名的兒童節目。「초인종（門鈴）」的「叮咚」則叫做「띵동」。

ttaeng

땅 名

叮

aswibgedo ttaeng
[例] 아쉽게도 땅.

太可惜了，叮。

綜藝節目的
問答環節

叮一

解說

「땅（叮）」則是「오답（答錯）」時候的效果音。有時也用來形容鐘聲。因為「학교종（學校的鐘聲）」是땡땡땡（叮叮叮）地響。「12시 땡 치면～（變成12點的鐘就～）」就是「剛好12點的時候就～」的意思。花牌的「役」或是玩「冰鬼遊戲」（譯注：類似紅綠燈的遊戲）要逃離鬼時要說的「冰」也是用「땡」。日本關西地區玩「鬼抓人」要救人時喊的「叮（den）」，音效與其相似。

huryeom

후렴 名

【後斂】副歌

[例] gwie pagpag kkojhineun huryeomgu mellodi
귀에 팍팍 꽂히는 후렴구 멜로디 .
縈繞在耳邊的副歌旋律。

延伸單字

가사 노랫말（歌詞）

副歌太得
我心了～♪

解說

「副歌」為音樂用語。副歌在字幕上會被更正為「후렴（後斂）」或「후렴구（後斂句）」，但在偶像的對話中有時仍會說出「싸비（ssabi）」（來自日語sabi）。這些源自日語的詞彙隨著時代演變已被韓語取代，但仍有一些詞彙保留著，比如「찌라시（jjirasi：傳單）」（日：chirashi）、「시마이（simai：結束）」（日：shimai）、「노가다（nogada：土方）」（日：dokata）、「가오（gao：面子）」（日：kao）、「다시（dasi：湯汁）」（日：dashi）等。「令人中毒的歌詞」則稱為「킬링파트（killing part）」，為韓製英語。

anmu
안무 名

【按舞】編舞

ibeon gok pointeu anmuneun sueoyeyo
[例] 이번 곡 포인트 안무는 수어예요 .
這首歌的編舞重點在手語。

延伸單字

댄스 트레이너 (舞蹈教練)

這次的
編舞 ...

11:23

LIVE

解說

「안무（按舞）」是指舞蹈的「編舞」。其中，容易留下印象且令人中毒的舞蹈部分被稱為포인트 안무（point按舞：亮點編舞）。「精通編舞」被稱為「안무를 따다」。「따다」也有「取得」獎牌或執照等的意思。在K-POP的「커버댄스（cover dance：翻跳）」蔚為流行的情況下，「안무가（按舞家：編舞師）」也一併受到關注。

kalgunmu

칼군무 名

【-群舞】《俗》刀群舞

soleum dodneun kalgunmu

[例] 소름 돋는 칼군무.

令人起雞皮疙瘩的刀群舞。

延伸單字

《俗》칼답（秒回）

《俗》칼삭（秒刪）

\ 太整齊了吧～ /

解說

「칼」泛指涵蓋「美工刀」、「菜刀」到「小刀」的「刀刃」。為了做出區別，「菜刀」也稱為「부엌칼（廚房的刀）」。從刀刃銳利的印象，被延伸作為新造語的前綴。「칼군무（-群舞：刀群舞）」指的就是「像刀子劃過般整齊劃一的團體舞蹈」。飛快的行動也可以用「칼같이～（像刀子一樣～）」來表現。

kaltoegeun
칼퇴근 名

【-退勤】《俗》準時下班

yageun neomu silh-eoy　kaltoegeun hago sip-eoyo
[例] 야근 너무 싫어요. 칼퇴근 하고 싶어요.

　　我討厭加班。我想準時下班。

▶「야근（夜勤）」是加班的意思。「야간 근무
　（夜間勤務）」是值夜班的意思。

我要準時下班！

斬釘截鐵

解說

「칼퇴근（-退勤）」是「時間一到就迅速下班」的意思，有時也略稱為「칼
퇴」。「上班」是「출근（出勤）」，「下班」是「퇴근（退勤）」。偶像結
束工作之後也會「퇴근」。「퇴사（退社）」則多用於「辭去工作」的意思。
「퇴근하고 싶어」（好想下班＝好想回家），「퇴사하고 싶어」（好想退社＝
想離開事務所），兩者意思是不一樣的，還請注意。

dojang

도장 名

【圖章】印章

jaegyeyag gyeyagseoe do jang jjig-eoss-eoyo
[例] 재계약 계약서에 도 장 찍었어요 .

在續約的合約書上蓋下了印章。

解說

「도장（圖章：印章）」是日韓共通的文化。「正式印章」稱為「인감도장
（印鑑圖章）」，韓國也有印鑑登錄制度。「蓋印章」是「도장을 찍다」。
韓國人打勾勾時不但要勾小指，還要用大拇指互碰蓋印章，稱為「손가락 걸고
도장」。按指紋的手勢則稱為「손도장」。「얼굴도장」的意思是「用臉蓋印
章」，指的是「走來走去跟人打招呼」或是在會議上「露臉」，好讓別人記住
自己的臉。

dobae
도배 名

【塗褙】洗板

[例] choeae sajin-eulo dobaedoen nae pon
최애 사진으로 도배된 내 폰.

我的手機被我本命的照片洗板了。

解說

「도배（塗褙）」是在牆壁或天花板貼上壁紙的意思。用在網路空間時，就是比喻被貼滿了留言或照片。如果你的手機相簿被本命的照片佔滿，就可以說「최애 사진으로 도배되다（被本命照片洗板）」。例句如「차트가 최애 노래로 도배 되다（排行榜被我本命的歌洗榜了）」，「트위터가 항의글로 도배되다（Twitter被抗議留言洗板了）」。

bokeol

보컬 名

【vocal】歌唱

[例] jeoneun mein bokeol-eul matgo iss-eoyo
저는 메인 보컬을 맡고 있어요.
我負責擔當主唱。

laeb

랩 名

【rap】饒舌

[例] ibeon gog-eun laeb pateuga manh-ayo
이번 곡은 랩 파트가 많아요.
這次的歌曲有很多饒舌的部分。

解說

韓國偶像是根據歌唱、舞蹈和外表選拔出來的菁英團體。每個成員都有不同的
特殊技能,藉此為團隊創造出最好的化學反應(케미)。唱歌和跳舞基本上都
是全員一起進行,但在每個部分扮演核心角色的人被稱為「메인 보컬(Main
vocal:主唱)」和「메인 댄서(Main dancer:主舞)」。「메인」「리드
(Lead)」和「서브(Sub)」。外表出眾的成員負責「비주얼(Visual:門

daenseu

댄스 名

【dance】舞蹈

daenseulain membeodeul-eun chumseon-i gaggi dallayo
[例] 댄스라인 멤버들은 춤선이 각기 달라요.

舞蹈擔當的成員們的舞蹈線條都不一樣。

bijueol

비주얼 名

【visual】門面

geulub nae bijueol damdang
[例] 그룹 내 비주얼 담당.

團體裡的門面擔當。

解說

面）」擔當。相信粉絲們都已經很熟悉，BTS 的金碩珍曾公開說自己是「월드
와이드핸섬（Worldwide Handsome）」。除了位置之外，韓團還會確定一名
「리더（Leader：隊長）」。「리더」會代表大家打招呼，在粉絲應援的時候
也會最先被喊到名字。

kaeseuting

캐스팅 名

【casting】 發掘

gilgeori-leul geoddaga kaeseutingdoeda
[例] 길거리를 걷다가 캐스팅되다 .
走在路上的時候被星探發掘。

延伸單字

매니저（經紀人）

debwi

데뷔 名

【début（法）】 出道

yeoldaseot sal-e debwihada
[例] 열다섯 살에 데뷔하다 .
在15歲的時候出道。

 解說

「캐스팅」的原意是為「드라마（電視劇）」或「영화（電影）」、「뮤지컬（音樂劇）」等選角，但也有「發掘」的意思。也被說成「길거리 캐스팅（街頭選角）」。「아이돌 지망생（偶像志願生）」藉由發掘或「오디션（Audition：甄選）」成為「연습생（練習生）」之後，就會開始接受特訓。不過，最後可能只有1%的人可以「데뷔（出道）」。一旦成功出道，就會與「엔터 기획사（經紀公司）」簽約。由於藝人的奴隸契約成為社會問題，

keombaek

컴백 名

【comeback】回歸

yukgaewol man-e ijib deulgo keombaekhada
[例] 6 개월 만에 2 집 들고 컴백하다 .

時隔6個月後以第二張專輯回歸。

延伸單字

컴백작（回歸作）

jaegyeyak

재계약 名

續約

naenyeon-e jaegyeyak-eul apdugo itda
[例] 내년에 재계약을 앞두고 있다 .

預定於明年續約。

解說

專屬契約期限被設定為最長7年，因此第7年（7년차）往往就是「재계약（續約）」的時候。如果無法取得共識，該團體基本上會被解散。在過去，韓團在休止期和活躍期的曝光度會有差異，因此發布新歌時就稱為「컴백（回歸）」。現在除了「음악프로（音樂節目）」之外，還有「예능프로（綜藝節目）」、影片直播、社群媒體等活動，就像沒有休止期一樣。如果是出現在電視劇，則被稱為「안방 극장 컴백（家庭劇場回歸）」。

sonppyeok chigi

손뼉 치기 名

鼓掌

sonppyeok chyeo juse yo jjakjjakjjak
[例] 손뼉　쳐 주세 요 짝짝짝!

來點掌聲吧,啪啪啪!

sori jireugi

소리 지르기 名

大聲歡呼

modu da soli jilleo
[例] 모두 다 소리 질러!

來點尖叫聲吧!

解說

歌手會和粉絲一起在「콘서트（演唱會）」上同樂。粉絲會根據每首歌曲特定的應援方式,喊出成員的名字或口號。「鼓掌」是「손뼉 치기」,「讚美的掌聲」叫做「기립박수（起立拍手）」。「歡呼」也稱為「환호성（歡呼聲）」。「즐거우면 소리질러.」（開心的話就來點尖叫聲!）往往能讓現場更加熱鬧。

padotagi
파도타기 名

【波濤 - 】 波浪

[例] **padotagi hanbeon hae bolkkayo**
파도타기 한번 해 볼까요 ?
我們一起做波浪吧？

ttara bureugi
따라 부르기 名

一起唱

[例] **modu hamkke ttara bulleoyo**
모두 함께 따라 불러요 .
請大家一起跟著唱。

解說

使用「응원봉（應援棒：手燈）」做出的「파도타기（波浪）」，可以展現粉絲們的團結心。在韓國，有「마당극（廣場劇）」這樣的傳統文化，觀眾不僅聆聽，還會加入表演者的行列，與表演者一起活絡氣氛。而在演唱會上，也常發生隨著現場氣氛高漲，粉絲們與歌手一起唱的「떼창（群唱）」現象。「把麥克風讓給觀眾」就是「마이크를 관객들에게 넘기다」。

電子郵件和訊息相關用語

隨著社群媒體發展，與電子郵件和訊息相關的用語也發生了變化。
讓我們來介紹一些主要的單字。

문자（文字）

短信成為主流之後，大家便將「訊息」改稱為「문자（文字）」，
例如「어제 문자 보냈는데 답이 없더라 .」（我昨天發了短信但沒有收到
回覆。）

톡（聊天）

隨著即時通訊軟體出現，大家變得更容易對話交流，也開始使
用「톡（聊天）」一詞。例如「심심하다 톡하자 .」（好無聊喔，我
們來聊天吧。）另外，韓國人最常使用的即時通訊軟體就是「카
카오 톡（Kakao Talk）」，其次是「페이스북 메신저（Facebook
Messenger）」。兩者分別被簡稱為「카톡」、「페메」。群組聊天
則稱為「단톡방（團體聊天室）」或「채팅방（聊天室）」。

댓글（對 -：留言）和답글（答 -：回覆）

針對網路文章或社群媒體內容的「留言」稱為「댓글（對 -）」，
「回覆」稱為「답글（答 -）」，例句如「댓글에 답글을 달다（回覆
留言）」。源自「리플（reply：回覆）」的「악플（惡 -）」指的是
「誹謗中傷的惡評」，而「무플（無 -）」則是「沒有回應」的意
思。

쪽지（私訊）

社群軟體上的「DM（Direct Message，直接訊息）」也稱為「쪽
지」，例如「쪽지로 보내 주세요（請私訊我）」。「쪽 -」是前綴，
有「小」的意思，「쪽지」意指「紙條、短筆記」。

재난문자（災難文字）

「緊急警報」的意思。

말풍선（- 風船：對話泡泡）

就是所謂的「對話框」。

Part 3

比較一下
表達食衣住行
的單字吧

湯要多一點！

- 表達食衣住行的單字
- 表達韓國情勢的單字

churining

추리닝 名

【training】運動服

churining ibgo watni
[例] 추리닝 입고 왔니？

你穿運動褲來嗎？

延伸單字

추리닝 바지 트레이닝 바지（運動服的褲子）

체육복（體育服）

긴팔 티 롱티（長袖 T 恤）

解說

在韓劇《魷魚遊戲》中蔚為話題的「運動服」稱為「추리닝」或「트레이닝복（訓練服）」。有時也會寫成「츄리닝」。「맨투맨（man-to-man）」是指「大學T」，源自品牌名稱。有連帽的「帽T」則是「후드티（Hoodie）」。前面有拉鍊的「집업（zip-up：拉鍊連帽外套）」發音為「jib-eob」，「셋업（set-up：套裝）」則發音為「set-eob」。

mai
마이 名
西裝外套

gyobok　mai　ibgo jol-eob injeungsyat
[例] 교복 마이 입고 졸업 인증샷 .

穿著學校的制服外套拍攝畢業證書照。

▶ 인증샷（認證 shot：證件照）。

解說

在朝鮮日治時期引進西式服裝後，韓國與服裝相關的詞彙中有許多是源自日語。「마이」意指西裝外套或制服外套，其語源被認為來自日語指胸前有垂直單排扣的「片前」。「正裝襯衫」在日本會略稱為「Y-shirt」，在韓國也稱為「와이셔츠（waisyeocheu）」。襯衫有時也寫作「샤쓰」，這也是來自日語的簡化。無袖的衣服稱為「나시」，有扣的休閒襯衫則稱為「남방（南方）」。

ppalda

빨다 動

清洗

[例] **yangmal-eul ppalda**
양말을 빨다.
洗襪子。

neolda

널다 動

晾乾

[例] **ppallaeleul neolda**
빨래를 널다.
晾衣服。

解說

這裡介紹和洗衣服相關的動詞。洗衣服的「洗」是「빨다」。「待洗衣物」
則稱為「빨래」或「빨랫감」。「手洗」稱為「손빨래」,「預先沖洗」稱為
「애벌빨래」,「用洗衣機洗」則是「세탁기를 돌리다」。將白色衣物放入湯
鍋中進行「빨래 삶기(煮洗)」的家庭也很常見。「晾乾」可以使用「말리
다」,但若是「攤開晾乾」則使用「널다」。被問「이 많은 빨래 어디서 널지?

geodda
걷다 動
收進來

[例] ppallaeleul geodda
빨래를 걷다.
收衣服。

gaeda
개다 動
摺疊

[例] ppallaeleul gaeda
빨래를 개다.
摺衣服。

（洗那麼多衣服，要晾在哪裡？）」的時候，可以使用「빨래 건조대（曬衣架）」或用「빨래집게（曬衣夾）」固定在洗衣繩上。將衣服收進來是「걷다」，這有「把四散的東西集合起來」的意思，是「거두다」的縮語。「비 올 것 같으니까 얼른 빨래 걷어 줘.」（快下雨了，趕快把衣服收進來。）「이불을 개다（摺被子）」也會用到「折疊」的「개다」。「얼른 일어나서 이불 개고 밥 먹어.」（快起床把被子摺一摺吃早餐。）

beullingbeulling

블링블링 名

【bling-bling】亮晶晶

beullingbeullinghan meikeueob

[例] 블링블링한 메이크업.

閃閃發亮的妝容。

延伸單字

차려입다（打扮）

解說

這是個擬態語，意指使用亮片、寶石等裝飾物打造閃亮的妝容、指甲或服裝。這些詞源自英語，於2000年代後開始流行。「亮晶晶」的固有語則是「반짝반짝」。「舞臺裝」是「무대 의상（舞臺衣裳）」，「소품（小品）」指的是「小道具、小物」。「服裝」則可用「복장」、「착장（着裝）」及「옷차림」。計算服裝單位的「套、件」是「벌」，如「옷 한 벌 선물해 드릴게요.」（我送您一件衣服。）

kkuankku
꾸안꾸 名

《俗》隨性，自然 *

paesyeon gosuneun kkuankku

[例] 패션　고수는 꾸안꾸！

時尚達人都很簡約隨性！

延伸單字

코디（服裝搭配的略稱，穿搭）

（譯注：中文常稱「估安估」。）

解說

「꾸민 듯 안 꾸민 듯（好像有打扮又好像沒打扮）」的略稱。指的是類似「미니멀 라이프（極簡生活）」所象徵的簡約、接近「평상복（平常服：日常穿著）」的「캐주얼（休閒）」時尚，已成為當今主流風格。大約從2015年左右開始流行。檢視藝人在機場的私服穿著則被稱為「공항 패션（機場時尚）」。

sachi
사치 名

【奢侈】奢侈

suheomsaeng-egen jameun sachi
[例] 수험생에겐 잠은 사치.

對考生來說睡眠是很奢侈的。

▶「에겐」是「에게는」（對～來說）的縮語。

延伸單字

명품（名品：名牌）

解說

形容奢侈或豪華會使用「사치」或「럭셔리（luxury：豪華）」這些詞。如「럭셔리한 주택（奢華的住宅）」。若要表現後悔或內疚，則使用「사치」，例如「사치스러운데?（太奢侈了吧?）」、「그냥 사치다 사치（這簡直就是奢侈啊，奢侈）」。要表達「過得奢侈」的話，也可以用「호강하다」。如「엄마 나중에 호강시켜 줄게.（媽，我以後絕對要讓妳過上好生活）」這樣的話，是成功故事中常見的台詞。看到帥哥時說的「飽眼福」是「눈호강」，聽到本命的歌時說的「飽耳福」是「귀호강」。

싸구려
ssaguryeo
名

便宜貨

ssaguryeo os wae sass-eo
[例] 싸구려 옷 왜 샀어 ？

為什麼要買這種便宜貨衣服 ？

延伸單字

짝퉁（山寨品，假貨）

都脫線了耶

解說

形容「價格便宜」會用「값이 싸다」，而指稱「便宜貨、價格便宜但品質差的物品」則用「싸구려」。例如「싸구려 CG（廉價的 CG）」、「싸구려 B 급 감성의 드라마（廉價的 B 級狗血劇）」、「싸구려 취급을 받다（被當成便宜貨）」。描述「一文不值，賤價販售」則用「헐값」，例如「헐값에 집을 내놓다（把房子賤賣了）」。表達「節儉」可以用「검소하다」，「節約度日」則是用「허리띠를 졸라매다（勒緊褲帶）」表示。

jiuda

지우다 動

消除，抹去

[例] **hwajang-eul jiuda**
화장을 지우다．

卸妝。

ssitda

씻다 動

洗

[例] **eolgul-eul ssitda**
얼굴을 씻다．

洗臉。

解說

有許多與化妝相關的動詞。「卸妝」稱為「화장을 지우다（去除化妝）」。
「洗臉」稱為「세수하다（洗手 -）」，「洗手」則是「손 씻기」或「손 닦
기」。代表「擦拭」的「닦다」同時也有「清洗」和「打磨」的意思。「이
를 닦다」是指「刷牙」，「물기를 닦다」是指「擦乾」，「먼지를 닦다」則是
指「擦去灰塵＝打掃」。「손 닦았어？」可以理解為「洗手了嗎？」和「擦

dakkda

닦다 動

擦拭

sugeon-euro dakkda
[例] 수건으로 닦다.

用毛巾擦拭。

bareuda

바르다 動

塗抹

keurim-eul bareuda
[例] 크림을 바르다.

塗上乳霜。

手了嗎？」兩種意思。另外,「씻다（洗）」也有「擦拭」的意思。例如「눈물 땀을 씻다（擦去眼淚和汗水）」,「오명을 씻다（洗刷汙名）」。而化妝中的「塗」則會根據不同部位而有不同的表達方式。廣泛部位的「스킨（化妝水）」或「파운데이션（粉底液）」是使用「바르다（塗抹）」,但使用「립스틱（口紅）」或「블러셔（腮紅）」上色時則用「칠하다」。刷「마스카라（睫毛膏）」也是用「칠하다」。

gamda

감다 動

洗（頭髮）

meori-leul gamda
[例] 머리를 감다.
　　洗頭髮。

mallida

말리다 動

吹

meori-leul mallida
[例] 머리를 말리다.
　　吹頭髮。

解說

洗頭髮的「洗」是用「감다」而不是「씻다」。「감다」指的是在河流等地「沐浴、浸泡於水中」。並非「洗東西」的「洗澡、淋浴」等行為，則只能用「씻다」來表示。例如「빨리 씻고 잘래（快點洗完澡去睡覺）」。韓國家庭主要是採用淋浴，有很多人是家裡沒有浴缸，或不使用浴缸的。朝鮮日治時期，隨著日本的澡堂文化傳入，「목욕탕（沐浴場：大眾浴場）」開始普及，設施

bitda

빗다 動

梳

meori-leul bitda
[例] 머리를 빗다 .
　　梳頭髮。

malda

말다 動

捲

meori-leul malda
[例] 머리를 말다 .
　　捲頭髮。

完善的「찜질방（-房：桑拿房）」則在90年代出現。「吹乾」頭髮用「말리다」。「吹風機」叫做「드라이기」或「헤어드라이어」，「電棒」則叫做「고데기」。「梳」頭髮叫做「빗다」。「빗」是指梳子，因此「用梳子梳頭髮」就是「빗으로 빗다」。將頭髮「捲起」是「말다」。「把頭髮弄得捲捲的」就是「돌돌 말다」。事實上，「감다」也有「捲」的意思。例如包紮時的「纏繞」就用「감다」，像「김밥（壽司捲）」一樣「捲成一捲」則是「말다」。

bab
밥 名
飯

yeoreobun bab-eun mas-itge deusyeoss-eoyo
[例] 여러분　밥은　맛있게　드셨어요 ？
各位用餐還愉快嗎？

延伸單字

콩밥（豆飯＝牢飯）
짬밥（剩飯＝部隊的伙食、經歷）

大家
吃飯了嗎？

解說

「밥」是對話的潤滑劑。打電話時的問候常以「밥 먹었니？（吃過飯了嗎？）」開頭，用來代替「喂喂，你還好嗎？」如果是早上，則會問아침 먹었어？（吃過早飯了嗎？），如果是中午則是점심 먹었어？（吃過午飯了嗎？）。「우리 언제 밥 먹자 .（下次約個吃飯吧）」則是在道別時、掛電話時的問候語。「밥」也用作隱語。「떡밥（釣餌）」指的是「提示、伏筆，用以吸引粉絲的情節散播」。「밥맛 떨어지다」表示「失去食慾＝飯菜不好吃」。

juk

죽 名

【粥】粥

i jeongdo jjeum-eun sig-eun juk meokgijyo

[例] 이 정도 쯤은 식은 죽 먹기죠.

這點程度的事情不過像是吃冷掉的粥（比喻「小事一樁」）。

延伸單字

전복죽（鮑魚粥）

팥죽（紅豆粥〈不甜的〉）

단팥죽（紅豆湯〈甜的〉）

煮個粥
我還是會的

解說

「煮飯」是「밥을 짓다（炊飯）」，「煮粥」則是「죽을 끓이다（煮粥）」。粥的「濃稠感」稱為「걸쭉하다」。沒加東西的粥稱為「흰죽（白粥）」。加入「전복（鮑魚）」或「잣（松子）」的粥則常用來當作滋補品。有許多慣用語會用到「죽」，例如「죽이 되든 밥이 되든～（不管變成粥還是變成飯）」意味著「不論結果如何～」，「죽도 밥도 안 되다（無法變成粥也無法變成飯）」則是指「高不成，低不就」。

117

yangnyeom

양념 名

調味醬*

huraideu ban yangnyeom ban
[例] 후라이드 반 양념 반.
　　炸雞要一半原味、一半洋釀。

延伸單字

양념갈비（醬醃排骨）
생갈비（生排骨）
양념게장（辣味醬蟹）
간장게장（醬蟹）

（譯注：中文常稱「洋釀」。）

解說

「양념（調味醬）」一詞源於「약념（藥念）」，指的是混合各種調味料和香料的醬汁。提到韓式炸雞，就會想到甜辣風味的「양념치킨（洋釀炸雞）」。這種用「辣椒醬（고추장）」、「醬油（간장）」、「糖（설탕）」及「大蒜（마늘）」等混合調製的醬汁沾裹而成的「양념치킨」，自從80年代在韓國出現以來，一直作為觀賞足球賽時的搭配以及國民宵夜而深受喜愛。不加醬汁的原味炸雞則稱為「후라이드（Fried）」。

gungmul

국물 名

湯，湯汁

gungmul manh-i jwo
[例] 국물 많이 줘.
幫我加多一點湯。

延伸單字

건더기（料）

湯要多一點！

解說

「국」指的是湯品，「국물」則是指「湯汁」。韓國料理以湯品種類眾多為著
稱，如「미역국（海帶湯）」、「순두부찌개（嫩豆腐鍋）」、「갈비탕（排骨
湯）」和「설렁탕（牛骨湯）」等。據說有很多人一旦少了熱呼呼的「국물」
就吃不下飯。「국물도 없다（無湯可言）」便有「毫不留情，沒血沒淚」的意
思，這正是飲食文化的體現。

mincho
민초 名
薄荷巧克力

nan biminchopaya
[例] 난 비민초파야.

　　我是「反薄巧派」。

牙膏味...

解說

「민트초코（mint choco）」的略稱。原本「민초（民草）」一詞是比喻「像雜草一樣堅強的民眾」。有人覺得薄荷巧克力有牙膏味（치약 맛），甚至還分為「호불호（好不好）」兩派。2018年大流行時，「喜歡薄荷巧克力」的藝人們被稱為「민초파（薄巧派）」或「민초단（薄巧團）」。各種點心都推出了薄荷巧克力口味，甚至還誕生了薄荷巧克力口味的燒酒。

bingsu
빙수 名

【冰水】刨冰

syainmeoseukaes bingsu
[例] 샤인머스캣 빙수 .
麝香葡萄的刨冰。

解說

韓國代表性的甜點，一整年都會吃。過去是以「팥（紅豆）」為主，佐以玉米片或果凍等配料，所以稱為「팥빙수」。現在則根據配料不同而稱為「과일빙수（水果冰）」、「딸기빙수（草莓冰）」、「초코빙수（巧克力冰）」等等。事實上，放有「팥（紅豆）」、「빙수떡（刨冰用麻糬）」、「인절미（黃豆粉年糕）」等配料的冰品也被稱為「옛날 팥빙수（傳統紅豆冰）」。與日本的刨冰不同，這種冰品份量大，常與他人一同分享食用。

neukkihada

느끼하다 名

油膩，濃厚

i chijeu pija neomu neukkihaeyo
[例] 이 치즈 피자 너무 느끼해요 .

這個起司披薩太過油膩了。

延伸單字

기름지다（肥膩）

這披薩好膩 ...

解說

偏「기름기（油膩）」的料理被稱為「느끼한 음식（油膩食物）」。像是加了很多起司的「크림 파스타（奶油義大利麵）」或者日本的「라멘（拉麵）」等都是代表。「느끼하다」不僅指「食物有油膩感」，還包括「外觀和舉止過於招搖」的意思。例如「쌍꺼풀이 있는 얼굴은 좀 느끼해 요.」（雙眼皮的臉有點過於招搖）、「느끼한 멘트（刺耳的評論）」。

dambaekhada
담백하다 名

【淡白-】清淡

gogiga dambaekhago mas-iss-eoyo
[例] 고기가 담백하고 맛있어요.

這個肉既清淡又美味。

吃播中!

16:28

LIVE

解說

「닭가슴살（雞胸肉）」和「칼국수（刀削麵）」等「清淡的食物」被稱為
「담백한 음식」。「솔직담백하다（率直淡泊-）」指的是「直率且毫不虛偽」
的態度，「坦率的感想」，有時也稱為「솔직담백 후기（率直淡泊後記）」。
「느끼하다」和「담백하다」這兩個詞也可用於描述外表。「느끼한 얼굴」表
示「濃顏」（五官深邃精緻），「담백한 얼굴」則表示「淡顏」（五官清秀淡
雅）。

bokkda

볶다 動

炒

keopi wondu-leul bokkda
[例] 커피 원두를 볶다 .
焙煎咖啡豆。

naerida

내리다 動

沖泡，降下

keopi-leul naerida
[例] 커피를 내리다 .
沖杯咖啡。

解說

韓國是全球人均咖啡消費量最高的國家。看到韓劇中人們整天喝咖啡，也就不足為奇了。直到90年代前期，混合「설탕（砂糖）」和「프림（奶精）」的「믹스커피（mix coffee：即溶咖啡）」一直是主流，但隨著咖啡連鎖店激增，喝黑咖啡的人也增加了。所謂的「現磨咖啡」是指「원두커피（原豆coffee）」。而「焙煎」則用「볶다（炒）」一詞表示。「磨」豆是用「빻

타다 動
tada

製作

keopi-leul tada
[例] 커피를 타다.

泡杯咖啡。

젓다 動
jeotda

攪拌

keopie peulim-eul eoh-eo jeotda
[例] 커피에 프림을 넣어 젓다.

將奶精攪拌至咖啡中。

다」，「萃取」則是「우리다」或「우려내다」。要描述「泡咖啡」時，「濾掛式咖啡」用「커피를 내리다」，即溶咖啡則用「커피를 타다」。「타다」指的是在大量液體中混合少量粉末或液體的過程，例如「분유 타서 먹이다（泡奶粉餵小孩）」、「탄산수에 타 마시다（以碳酸水稀釋飲用）」。「붓다（倒入）」及「젓다（攪拌）」的動作則可應用如「부어 주세요（請倒入）」、「저어 주세요（請攪拌）」。

penteuhauseu

펜트하우스 名

【penthouse】頂樓

penteuhauseueseo boneun jomang-i kkeutnaejwoyo
[例] 펜트하우스에서 보는 조망이 끝내줘요.
頂樓的眺望真是太棒了。

延伸單字

단독주택（單獨住宅：獨棟住宅）

연립주택 빌라（連立住宅·villa：連棟房屋、4 樓以下低層公寓）

원룸 오피스텔（one room·officetel：單人公寓）

解說

大廈最頂層的豪華住宅。在劇集《Penthouse上流戰爭》中，將其描繪為充滿慾望的空間。「公寓」稱為「아파트（apartment）」。「고급 아파트（高級公寓）」多集中在首爾東南部的江南地區。2017年在江南蠶室（잠실）開業的摩天大樓「롯데월드타워（樂天世界大廈）」高達555公尺，是韓國最高的建築。其中間樓層就設有超高級公寓。

oktabbang
옥탑방 名

【屋塔房】頂加

[例]
sangchu simgo pyeongsang-eseo samgyeobsal
상추 심고 평상에서 삼겹살
pati oktabbang sari
파티! 옥탑방 살이.

種個生菜,來場烤五花肉派對吧!這就是頂加生活。

▶「살이」指「～生活」。

延伸單字

다락방(-房:閣樓房)

달동네(貧民窟)

解說

同樣是最頂層,建築物屋頂上加蓋的「옥탑방」經常出現在電視劇和電影中,作為貧窮角色的住所。如果其他居民或房東不會上來,也是能享有獨佔屋頂的優勢。有些電視劇的標題就是《屋塔房小貓》(又譯:閣樓男女)、《閣樓上的王子》等。像電影《寄生上流》中那樣採光不足的「반지하(半地下)」住宅也是貧困設定的典型。

nadeur-i

나들이 名

外出，出遊

bomnadeur-i
[例] 봄나들이 .

　　春天出遊去。

延伸單字

소풍（遠足）
하이킹（健行）
피크닉（野餐）

解說

「나다（出）」和「들다（入）」結合成的「出入」在這裡指的是「外出、出外走動」的意思。也可以加上「外」的意思，說成「바깥나들이」，是「외출（外出）」的固有語。主要指的是到戶外，特別是自然環境中，類似外出野餐的意涵。「나들이 옷」則是「外出服」。「나들이」一詞也會用在藝人去上節目或者前往電視台的時候，例如「방송국 나들이（出入廣播電台）」。

jibkok
집콕 名
《俗》宅在家

[例] seulgiroun jibkok saenghwal
슬기로운 집콕 생활 .

機智的家裡蹲生活。

解說

「집콕（宅在家）」和「방콕（宅在房間）」都是新造詞。雖然在新冠疫情之前就已存在，但在這之後更廣為人知，如「집콕으로 우울한 아이들（只能宅在家而鬱鬱寡歡的孩子們）」。「집콕육아（宅在家裡帶孩子）」也成為了韓國的社會問題。喜歡待在家的女性稱為「집순이」，男性則稱為「집돌이」。「自炊」有時也寫成「집쿡（家 cook）」，還請留意一下拼寫。順帶一提，「방콕」也是泰國首都「曼谷」的寫法。

kkotgil

꽃길 名

花路

jigeumcheoleom kkotgilman geotja
[例] 지금처럼　꽃길만 걷자.

就這樣只走花路吧

解說

「꽃길（花路）」是比喻「事情順利進展」。「꽃길만 걷자.」（只走花路吧）則經常出現在歌詞或祝福訊息中。大道則稱為「대로（大路）」。「올림픽대로（奧林匹克大路）」是沿著漢江（한강）而行的首爾代表性大道。它是為了1986年於首爾舉辦的亞運和1988年首爾奧運而興建。因為它橫跨首爾並成為汽車通勤的主要路線，所以經常發生「교통 체증（交通滯症：交通阻塞）」的情況。

막다른 길 名

makdareun **gil**

死路

[例] 그쪽은 막다른 길이에요 .
geujjok-eun makdareun gil-ieyo

那邊那條路是死路。

延伸單字

삼거리 (三 - ：三叉路)
사거리 (四 - ：交叉點、十字路口)

那邊那條路是死路

解說

「막다른 길 (死路，死胡同)」也比喻「事情陷入僵局」。「主要街道」是「큰길」，而散發庶民生活氣息的「次要街道」是「골목길」。「골목」和「뒷골목」的意思是「小巷，後街」。「～區 (市轄區)」稱為「～동 (洞)」，「村莊，社區」則說成「동네 (洞 -)」。例如「우리 동네 (我們社區、當地)」、「동네 친구 (當地的朋友)」、「어렸을 때 살던 동네 (小時候住的地方)」、「같은 동네에 살아요 ? (同個地區＝您也住附近嗎 ?)」。

131

여의도 名

yeouido

【汝矣島】韓國的政治中樞

[例] 지난　총선을　통해 여의도에입 성한 김의원.

jinan chongseon-eul tonghae yeouido-eib seonghan gim-uiwon

在上次大選中首次登上汝矣島（＝入閣）的金議員。

▶ 政治新聞常出現的句子。

金議員正在發表報告

解說

汝矣島是韓國國會議事堂（국회의사당）的所在地，因此也被視為國家政治的代名詞。相當於日本的「永田町」（譯注：日本國家政治的中樞地區）。「여의도 문법 싹 다 깨다.」（顛覆汝矣島的邏輯。）過去此處廣播公司密集，但現在除了KBS（韓國廣播公司）外，多數已搬遷。這裡也是韓國的金融街，是金融監督院所在地，擁有全世界最多信徒的新教純福音教會也設立於此。順帶一提，「청와대（青瓦台：總統府）」則位於景福宮的北側。

chungmuro
충무로 名

【忠武路】韓國的好萊塢

chungmuro   chasedae gidaeju
[例] 충무로 차세대 기대주.
忠武路的新生代潛力股。

解說

首爾市的地名。過去是電影院和相關電影公司的聚集地，因此至今仍被韓國電影界用作隱語。「來自汝矣島的呼喚」若是政界的邀請，「來自忠武路的呼喚」指的就是電影演出的邀約。「충무로 흥행보증수표（忠武路的票房保證）」。忠武的由來是出自於在這附近出生的忠武公李舜臣。解放前的原地名為「本町」，曾是日本人的聚居地。

hanbando
한반도 名
【韓半島】朝鮮半島

hanbando-leul hwieojab-eu syupeoseuta
[例] 한반도를 휘어잡은 슈퍼스타 .

擄獲整個朝鮮半島的超級巨星。

▶ 휘어잡다（抓住，控制）。

延伸單字

조선팔도（朝鮮八道）
팔도강산（八道江山：韓國大地的江河山川）

解說

朝鮮半島指的是鴨綠江（압록강）和豆滿江（두만강）以南的地區。北端位於咸鏡北道溫城郡，南端位於全羅南道海南郡。若包括島嶼，最南端是位於濟州島南方的馬羅島（마라도）。總面積約為22萬平方公里，接近日本的本州。半島東側連綿山脈，許多河流自東向西海流去。就像日本會以「列島」自稱一樣，朝鮮時代形成的行政區劃叫做「팔도（八道）」，也指「全國、全土」。

sampalseon
삼팔선 名
【三八線】38度線

sampalseon seoro neomji maljagoyo
[例] 삼팔선　서로 넘지 말자고요.

我們不要再彼此越界（越過38度線）了。

▶「-자고요」是「我們～吧」。

延伸單字

금을 긋다（劃清界線）

解說

美蘇以北緯38度為界劃分占領區，而韓戰的停戰線也劃在38度左右。因此，「삼팔선」便逐漸成了南北韓的「國境線」。在日常生活中有時會用於表示不想越界，例如「38선 넘어오지 마（不要越過38度線）」。也有人戲稱「삼팔선」是「38세까지 직장에서 버티면 선방」的縮寫，意思是「能在公司待到38歲，就算是打了漂亮的一仗」，用來諷刺無法保障工作到退休年齡的社會。

jeonha

전하 名

【殿下】殿下

seong-eun-i mang-geughaobnida jeonha
[例] 성은이　망극하옵니다 , 전하 .

聖恩浩蕩，殿下。

▶ 時代劇用語。- 옵니다（動作後的敬語結尾）。

延伸單字

주상전하（主上殿下：殿下）
저하（邸下：世子的敬稱

解說

朝鮮君主的第二人稱是「전하（殿下）」。這指的是「臣下在御殿之下上奏」，相對於「從宮殿階梯下面上奏」的「폐하（陛下）」，是較低的敬稱。「폐하」被降格為「전하」，是從高麗時期被統治於元朝之下開始。「태자（太子）」和「태후（太后）」這些稱呼也被降格為「세자（世子）」和「대비（大妃）」。朝鮮王朝也效仿此制度，直到大韓帝國擺脫中華統治，才恢復了「황제 폐하（皇帝陛下）」的稱呼。

mama
마마 名

【媽媽】王室成員尊稱

abamama　sojaleul　mid-eo　jusiobsoseo
[例] 아바마마 소자를 믿어 주시옵소서 .

父王，還請您相信我。

▶ 時代劇用語。- 옵소서 (「請」的敬語結尾)。

解說

這是用於王室或王族的宮廷用語，不分性別。源自於中國，自被統治於元朝之下的高麗中期後就廣泛使用。王族稱王為「상감마마（上監媽媽）」。「상감（上監）」也是「王」的意思。幼小的世子（세자）會稱雙親為「아바마마（父王）」或「어마마마（母后）」，臣民則稱世子為「세자마마」。對官員使用的敬稱「마님（大人）」限定用於正三品以上，也就是穿著紅色衣服的官員，而「나리（나으리，大人）」則適用於從三品以下穿著藍色或綠色衣服的官員。「소자（小子）」是在父母面前使用的自稱詞。

영감

yeong-gam

名

【令監】老人家，老先生

yeong-gamnim jeolang geim hasillaeyo
[例] 영감님 저랑 게임 하실래요？

老先生，你願意跟我一起玩遊戲嗎？

解說

目前仍有一些俗稱，是使用過去官職或身分的稱呼。「老爺爺」可以說成「할아버지」，不過像「영감」這個曾是正三品以上高級官員的稱號，現在仍會用來稱呼年長的男性或丈夫。例如「우리 영감（我們家的令監＝丈夫）」、「옆집 영감님（隔壁家的令監＝老先生）」。有時檢察官、國會議員或出身名門的人也會被稱為「영감님」。

yangban

양반 名

【兩班】那位，先生

yosae jeolm-eun yangbandeul-eun
[例] 요새 젊은 양반들은 ….

最近的年輕人……

延伸單字

양반다리（盤腿）

解說

高麗和朝鮮都有身分制度，其中一個支配階級是透過科舉考試來培養官僚的「양반（兩班）」。在朝鮮初期，自稱「양반」的人不到1%，但到末期，據說有百分之七十的人自稱「양반」。至今，中老年人有時仍會用兩班稱呼「自己的丈夫」或「同輩和年輕男性」來稱呼。如「의사 양반（醫生先生）」、「형사 양반（警察先生）」、「기자 양반（記者先生）」、「피디 양반（製片人先生）」等。「那邊的警察先生」就是「거기 형사 양반」。

일제시대 名

iljesidae

【日帝時代】日治時期

[例] 일제 시대를 배경으로 한 영화 .

ilje sidaeleul baegyeong-eul han yeonghwa

以日治時期為背景的電影。

近期上映

以日治時代為舞台的
話題作！

解說

1910年到1945年的朝鮮日治時期被稱為「일제시대（日帝時代）」或「일제강점기（日帝強占期）」。之所以稱為「強制占領」，是因為在韓國，從國際法的角度來看，日本統治被解釋為是非法的。無論如何，韓國的建國精神是源於從日治時期之中「독립（獨立）」，這個事實無庸置疑。這件事在2020年代仍然對韓國產生影響。當你更深入了解韓國，在日常生活的枝微末節中也會感受到以「일제시대」為近因或遠因的各種問題。

IMF 사태 _{satae} 名

【-事態】IMF 通貨危機

[例] IMF 사태가 터져 취업이 힘들었어요 .
_{sataega teojyeo chwieob-i himdeul-eoss-eoyo}

由於IMF通貨危機，導致就業困難。

▶「터지다」是「爆發，裂開」。

延伸單字

코로나 사태（新冠疫情）

세월호 참사（世越號慘案）

解說

1997年的亞洲金融風暴影響深遠，使得國家經濟幾近破產邊緣。韓國當時接受國際貨幣基金組織（IMF）的經濟支援，展開了經濟重建，史稱「IMF 사태（IMF事態）」、「IMF 시대（IMF時代）」。在大量企業倒閉、重組的同時，韓國也開始專注於發展大眾文化產業，如電影等，並開啟由重工業轉向IT產業的產業變革。在社會上具有巨大影響的事件、事故，以及因此而起的社會混亂等，都稱為「사태（事態）」。

yuk-io

육이오 名

【625】韓戰

yuk-io ttae heeojin hyeong-eul mannaneun geos-i sowon-ieoss-eo
[例] 6.25 때 헤어진 형을 만나는 것이 소원이었어.

我的願望是見到自己在韓戰期間失散的哥哥。

▶ 跟因戰爭而失散的家庭有關的句子。

哥哥...

解說

近代史中的重要事件，有時會用日期來稱呼。「육이오」是指1950年6月25日
爆發於南北韓之間的戰爭。在這場戰爭中，族群之間互相殘殺，許多家庭被迫
分離。要在日常生活中誇大描述瑣碎的麻煩事時，就可以說「육이오 때 난리는
난리도 아니야（相較於戰爭時的動亂，這些根本不算什麼）」，這樣的說法以
電視劇為契機廣為流傳。在《太極旗－生死兄弟》、《高地戰》、《搖擺男
孩》等電影作品中皆有對韓戰的描繪。

oilpal
오일팔 名
【518】光州民主化運動

[例] 우리는 기억하리라 , 5.18 그날의
　　ulineun　gieoghalila　　oilpal geunal-ui
참상과　　아픔을 .
chamsang-gwa apeum-eul

我們永遠不會忘記光州民主運動那天的
慘況和傷痛。

▶「-（으）리라」是「一定～（表意志）」。

延伸單字

사일구（四一九，4.19 革命）

※1960 年 4 月 19 日發生的反對李承晚
獨裁政權的學生示威。 又稱「四月革
命」。

우리는 기억하리라, 518 그날의 참상과 아픔을.

解說

「오일팔」是指1980年5月18日在「광주（光州）」發生的民主化示威事件。
韓國軍隊封鎖了該市並鎮壓了示威活動，造成了許多人死亡。隨後的1987年6
月10日，兩名大學生的死引發了「유월항쟁（6月抗爭：6月民主運動）」，並
於6月29日導致了專制政權的崩潰和民主化的實現。每年5月都會舉行紀念活
動。電影《我只是個計程車司機》描繪了光州事件，《1987：黎明到來的那
一天》則描繪了6月民主運動。

ibdae

입대 名

【入隊】入伍

naenyeon cho-e gun ibdae hage dwaess-eoyo
[例] 내년 초에 군 입대 하게 됐어요 .
我明年的年初要入伍了。

延伸單字

입영（入營：入伍）

我要去當兵了

解說

對於偶像或演員來說，入伍問題是家常便飯。滿18歲以上的男性需接受兵役體檢，根據體檢結果服兵役。即使未判定為現役，也可能被指派為社會服務人員，發配到社會福利機構、公共團體、地方政府等單位值勤。由於藝人入伍後無法從事娛樂活動，因此兵役期間有時會稱為「군백기（軍白期：軍事和空白期的合成詞）」。在電視劇《太陽的後裔》中，主角劉時鎮（宋仲基飾）就是從軍校畢業的職業軍人。

jedae
제대 名

【除隊】退伍

geonganghage jedaehaetji mal-ibnida
[例] 건강하게　제대했지 말입니다 .

我平安退伍了

▶ 「 - 지 말입니다」（敬語結尾）是軍人用語。
實際上幾乎不會用到。

延伸單字

전역（轉役：退伍）

解說

2021年韓國陸軍和海軍的服役期限為1年6個月。許多大學生會在大學期間入
伍，退伍後返回學校，稱為「복학생（復學生）」。過去，逃避兵役和藝工隊
等問題受到關注，渴望在娛樂圈維持活躍的人也增加。許多藝人在20多歲時
入伍，等待他們服完兵役後的首次復出（군 제대 후 첫 컴백：軍隊退伍後的首
次回歸）已成常態。服完兵役的人被稱為「군필（軍畢）」，如「군필 아이돌
（已服完兵役的偶像）」。

saju
사주 名

【四柱】八字命學

saju boreo gatda wass-eoyo
[例] 사주 보러 갔다 왔어요.
我去請人算了八字。

延伸單字

점성술（占星術）

我去算了
八字…

解說

繁華街上招牌寫著「운명（命運）」和「철학관（哲學館）」的就是「점집
（占卜店）」。韓國的傳統占卜，分為儒家易學的「사주（四柱：八字命
學）」和透過占卜師傳達神諭的「신점（神占）」兩大類。「신점」的場景在
《愛的迫降》和《黑道律師文森佐》等劇集中都出現過。其他如「관상（面
相）」、「손금（手相）」、「육효（六爻）」、「타로（塔羅）」等不同形
式的占卜也很興盛。

palja
팔자 名
【八字】命運

nae paljaga eotteotge hadaga   ireotge kkoyeotji
[例] 내 팔자가 어떻게 하다가 이렇게 꼬였지 ?

為什麼我的命運變得如此多舛？

▶「- 다가」是表示「動作的轉換」。

解說

「求神問卦，其靈也不靈」的八卦指的是易學中的「天・澤・火・雷・風・水・山・地」八個元素。因此，팔자（八字）便被用來表示「命運，宿命」。「아이고 내 팔자야…」（唉唷，我的命好苦啊…）是電視劇裡中高年女性常說的句子。除了「운세（運勢）」外，單獨的「運」，也可用「운빨（運-）」來表示。受運氣左右的遊戲稱為「운빨게임（運氣遊戲）」。「-발（빨）」是表示力量或效果的後綴，常用於表示「～效果」。

gut

굿 名

（薩滿的）跳神儀式

[例] seonggong-eul giwonhaneun gut
성공을　　기원하는 굿 .

祈求成功的跳神儀式。

解說

韓國的薩滿（祈禱師，靈媒師）被稱為「무당（巫堂）」或「무속인（巫俗人）」。像是電視劇《擁抱太陽的月亮》中的許煙雨（韓佳人飾），《謗法》中的進境（趙敏修飾），以及電影《哭聲》中的日光（黃晸珉飾）都屬於這個範疇。薩滿穿著傳統服飾，搖鈴或站在刀上，進行稱為「굿」的宏大儀式，聆聽神的指示或除魔驅邪。

bujeok
부적 名

【符籍】符咒

[例] bujeok mom-e jinigo danyeo
부적 몸에 지니고 다녀.

請隨身攜帶這個護身符。

延伸單字

용하다（準確）

효험（效驗：效力）

解說

薩滿的日常工作包括進行「신점（占卜）」、「액땜（辟邪）」或撰寫祈願的
「부적（符咒）」。「부적」是在黃色紙張上以紅字書寫文字和圖案。根據不
同的祈願，可以製作「수능（修學能力試驗：大學入學考試）符」、抵禦新冠
病毒的符等。比如「시험 합격 부적, 책상 밑에 붙여 놨어요」（我把考試合格符
貼在書桌下面了）。僧侶和占卜師也會寫這種「부적」。

인연 名
in-yeon

【因緣】緣分

ibeon saeng-eun in-yeon-i aninga bwayo
[例] 이번 생은 인연이 아닌가 봐요.

我們這輩子可能沒有緣分吧。

▶ 注定擦肩而過的男女的經典台詞。

我被甩了～

解說

起源自佛教的「因緣」。在韓國，主要是指「緣分」，也包含了「命定之人」的意思。例如：「형하고는 남다른 인연이 있거든요.」（和哥有特別的緣分。）「좋은 인연을 만날 수 있게 해주세요.」（請讓我遇見好的緣分。）「命定之人」在韓語中稱為「천생연분（天生緣分）」。日語中的「因緣をつける（附加因緣＝挑起爭端）在韓語中為「시비를 걸다（挑起是非）」。

uyeon

우연  名

【偶然】偶然

uyeon-i in-yeon-euro   in-yeon-i pil-yeon-euro
[例] 우연이 인연으로 , 인연이 필연으로 .

偶然變成緣分，緣分變成必然。

> 延伸單字
>
> 복불복（福不福：好運和壞運、
> 《俗》俄羅斯輪盤、扭蛋等試
> 運氣的遊戲）

Drama
Channel

從偶然的邂逅
發展為戀情

解說

以「연」為韻的「인연」和「우연（偶然）」，常在韓劇中以「우연이 인연이
된다.」（偶然成為命定之人）的說法出現。如果是復仇劇，那麼「인연（命定
之人）」也可能變成「악연（惡緣：宿敵）」。「스쳐가는 인연（擦肩而過的
緣分）」、「인연의 끈（命運之線）」等在歌詞中也經常出現。「우연히」是
「偶然地」。縮寫自「偶然」否定形的「우연찮게」則意指「不經意地，意想
不到地」，例如「우연찮게 만나다（不期而遇）」。

各種關於「吃」和「看」的表達

只要將各種不同的「吃」和「看」的動作放在一起看，就能更容易記住出現在「먹다」（吃）和「보다」（看）之前的動詞。

먹다（食べる）

해 먹다
（做來吃）

사 먹다
（買來吃）

시켜 먹다
（點外送來吃）

비벼 먹다
（攪拌了吃）

말아 먹다
（泡進去〈湯裡〉吃）

씹어 먹다
（咬著吃）

뜯어 먹다
（啃著吃〈雞肉等〉）

빨아 먹다
（舔著吃〈糖果等〉）

찍어 먹다
（蘸著吃〈醬油或醬汁等〉）

부어 먹다
（淋上去吃〈咖哩等〉）

챙겨 먹다
（好好吃飯）

걸러서 먹다
（沒吃飯）

나눠 먹다
（一起分著吃）

얻어먹다
（別人分我吃）

뺏어 먹다
（搶來吃）

보다（看）

꼼꼼히 살펴보다
（仔細地看）

훑어보다
（端詳）

몰래 보다
（偷偷看）

대놓고 쳐다보다
（瞪大眼睛看）

째려보다
（瞪著看）

힐끔 보다
（偷瞄）

몰아서 보다
（一口氣看完〈連續劇等〉）

아껴서 보다
（珍惜地一點一點看〈連續劇等〉）

Part
4

比較一下
表達性格・情感
的單字吧

你心情不好嗎？

演唱會停辦...

- 表達性格的單字
- 表達情感的單字

진지하다 形
jinjihada

【真摯-】認真的

jeo jinjiha geodeun-yo
[例] 저 진지하 거든요 ?

我是認真的喔？

▶ 當對方沒在聽你的話的時候。

我是認真的欸？

解說

「認真的」在韓語中稱為「진지하다」。例如「진지하게 고민해 봤어요（我認真地思考過了）」、「진지하게 해 주세요（請您認真地做）」。而「認真模式」則稱為「진지 모드」。「진지」在敬語中還有「用餐」的意思。「嚴肅臉」在韓語中稱為「정색（正色）」。「정색하다」則表示「變得嚴肅、變得正經」。比如，「왜 정색하고 그래요?」（為什麼您變得那麼嚴肅？）。而「認真的人」可以稱為「착실한 사람」或「성실한 사람」，「沉穩的人」則是「차분한 사람」。

장난 名
jangnan

淘氣、惡作劇

[例] 지금 장난해 ?
jigeum jangnanhae

你在跟我開玩笑嗎？

▶ 直譯為「你現在正在開玩笑嗎？」。對開玩笑的對方表示憤怒的句子。

延伸單字

장난꾸러기（調皮鬼）

불장난（玩火）

장난 전화（惡作劇電話）

아재 개그（老梗〈大叔笑話〉）

농담（弄談：玩笑話）

不要煩我！

你在跟我開玩笑嗎？

解說

和不認真的人有關的表達。「淘氣」在韓語中稱為「장난기（-氣）」。例如，「장난기가 많다（很淘氣）」、「장난기가 발동（起了惡作劇的心）」。「장난치다」或「장난하다」意味著「開玩笑、戲弄」。玩食物或故意不分給人吃等與食物相關的「開玩笑」行為是違反禮儀的，所以會被告誡「먹는 걸 가지고 장난치지 마（不要拿食物開玩笑）」。「장난이에요 장난.」表示「只是開玩笑＝只是個玩笑」的意思。「놀리다」則是「取笑別人」。

geubhada

급하다 形

【急-】急躁

[例] seongjil-i geubhaeseo mos gidaligess-eoyo
성질이 급해서 못 기다리겠어요.

因為是急性子所以等不了。

▶ 直譯為「因為很急的性質而無法等待」。

解說

基於快速成長的經濟或性格急躁的特點，韓國被稱作一個擁有「빨리빨리（快快）」文化的國家。但無論是以「빨리 감기（快轉）」看影片的習慣，或是喜歡快節奏的現象，可能已經成為全球Z世代（1990年代中期以後出生的一代）的共通文化。「節省時間」在韓語中稱為「초스피드（超高速）」。例如「초스피드 메이크업（超高速化妝）」、「초스피드 요리（超高速烹飪）」、「초스피드 다이어트（超高速減重）」。

태평스럽다 形

taepyeongseureobda

【太平-】 從容

[例] 세상 좀 더 태평하게 살자.

sesang jom deo taepyeonghage salja

在這個世界上活得更從容一點吧。

在世上活得
更從容點吧~

解說

「從容，悠閒」在韓語中可以表達為「태평스럽다」或「태평하다」。這個詞裡面用到了「太平」一詞，意指世界和平與平靜。也可以用「느긋하다」或「여유롭다（餘裕-：游刃有餘）」來替代。「溫和的性格」可以表達為「태평스러운 성격」或「느긋한 성격」。如果是指「緩慢」的意思，則可以使用「느릿느릿하다」，例如「느릿느릿하게 움직이다（慢吞吞地移動）」。如果過於悠閒，則可能被稱為「나태하다（懶怠-：怠惰，懶散）」。

여우 같다
yeou　　gatda

像狐狸一樣狡猾

[例] **yeou gateun jit geumanhae**
여우 같은 짓 그만해 .

不要再這樣滑頭滑腦的了。

▶「여우 같은 짓」直譯為「像狐狸一樣的行為」。

不要再這樣滑頭滑腦的了！

解說

狐狸在韓國也像日本的「稻荷神信使」一樣，有時被視為神聖的生物或妖怪。
最著名的妖怪是「구미호（九尾狐）」，也被許多電視劇納為角色。在韓國也
會用狐狸比喻計謀高深、狡猾的女性，例如「여우 같은 악녀（像狐狸一樣的
惡女）」便是電視劇中的常見角色。有時也稱作「불여우（赤狐）」或「여시
（狐狸的方言）」。因為這是一種貶稱，實際使用時應謹慎。

곰 같다
gom gatda

像熊一樣愚笨、呆呆的

[例] 제 남편은 곰같 은 사람.
je nampyeon-eun gomgat eun saram

我老公是一個像熊一樣的人。

延伸單字

곰돌이（小熊玩偶，小熊）

解說

頭腦靈活的「여우（狐狸）」常與反應遲鈍的「곰（熊）」相對比。對於反應遲鈍、呆滯的人，有時會使用「미련곰탱이（愚蠢的熊）」來形容。這裡的「미련」（韓語漢字寫作未練）與「未練」（留戀）無關，意為「愚笨」。熊還出現在韓國的建國神話中。朝鮮民族的始祖「단군（壇君）」的母親是「웅녀（熊女）」。由「곰 세마리가 한 집에 있어.（一個家裡有三隻小熊）」開頭的兒歌「곰 세마리」經常出現在電視劇中。

ttokttokhada

똑똑하다 形

聰明

hyeong jeo doege ttokttokhaji anh-ayo

[例] 형 저 되게 똑똑하지 않아요？

哥，我是不是很聰明啊？

延伸單字

영리하다（怜悧／伶俐）

총명하다（聰明）

현명하다（賢明）

解說

將「頭腦好」說成「머리가 좋다」，「頭腦不好」說成「머리가 나쁘다」可能過於直接。在這種情況下，如果要表達「聰明、伶俐」的意思，可以用「똑똑하다」。還有一個使用固有語「슬기（智慧）」的詞語——「슬기롭다（聰明）」。形容孩子的時候，也會使用「똘똘하다（聰慧）」。若要帶有輕微負面含義地表達「聰明的孩子」，則可以使用「영악하다（靈惡）」，表示「機敏，狡猾」。單純要表達「很會讀書」的話，則可以使用「공부 잘하다」。

모자라다 [形]
mojarada

不足

[例] 많이 모자라지만 예쁘게 봐주세요 .
manh-i mojarajiman yeppeuge bwajuseyo

仍有許多不足之處，懇請大家多多包涵。

延伸單字

미흡하다（未洽 - ：不周）

부족하다（不足）

공부 못하다（不會唸書）

《俗》사차원（四次元：與眾
不同的人，難以理解的人）

《俗》허당끼（廢柴感）

完成報告記者會

解說

因為「어리석다（愚蠢）」和「멍청하다（笨拙）」太過直白，有時會使用「모자라다（不足）」來表達。比如，「좀 모자란 친구（有點笨拙的朋友）」。它也可以用於表示謙虛的「不足」。「모자란 점이 많다（有很多不足之處）」。「못나다（不夠好）」的使用方式也相似。例如，「못난 애미 때문에…（因為我是個不夠好的媽媽...）」。而「看似聰明的人偶爾做出愚蠢的行為」，這種情況有時被稱為「허당」。這是從綜藝節目中誕生的新詞。

hangyeolgatda

한결같다 形

始終如一，一心一意

taehyeong-ineun nahante hangyeolgateun chinguyeyo
[例] 태형이는   나한테 한결같은 친구예요.

泰亨對我來說是永遠不變的好朋友。

解說

韓劇配角中常見對女主角很專一的角色。「對○○（人名）一心一意」可以用常向著太陽綻放的「해바라기（向日葵）」來比喻，稱為「○○바라기」，例如「방탄소년단은 아미바라기（BTS一心一意向著ARMY）」。「한결같이」意味著「始終如一，專一，堅定」，比如「한결같이 멋있는 사람（帥氣始終如一的人）」。「한결같다」也可以用作「변함없다（不變）」的同義詞。

byeondeogseureobda

변덕스럽다 形

【變德 -】善變

choeaega neul bakkwineun byeondeogseureoun paen

[例] 최애가 늘 바뀌는 변덕스러운 팬.

本命一個換一個的善變粉絲。

▶「최애（最愛）」是用來表示「本命」的意思。

延伸單字

망설임（猶豫）

배신（背信：背叛）

解說

變化無常或善變稱為「변덕」。表達「善變」可以用「변덕을 부리다（施展善變）」、「변덕이 심하다（善變嚴重）」、「변덕이 많다（善變頻繁）」等方式。也可以將變化無常比喻為多變的春季天氣，例如「봄 날씨처럼 변덕이 심하다（像春天的天氣般善變）」。還有一個比喻是「변덕이 죽 끓듯 하다（善變得如同煮粥）」，用煮粥的過程來形容。形容「反覆無常」則是「이랬다 저랬다 하다」。

163

착하다 **形**
chakhada

好人，善良

[例] **jomdeo chakhada salja**
좀더 착하게 살자 .

成為一個更好的人吧。

▶ 直譯為「活得再善良一點吧」。

延伸單字

모범생（模範生：優等生））
순진하다（純真 - ：天真）
순둥이（順 - ：乖巧的孩子

成為一個更好的人吧！

解說

「착하다」意指「好人」，但也有「善良、脾氣好」的意思。「老實又親切」
是「순하다（順-）：溫順」，但它也帶有「過於溫順」的暗示，所以被這麼
說並不一定令人高興。「순한 양 같은 성격（像溫順的羊一樣的性格）」。這
個詞也用於形容味道。「순한 맛」指的是「溫和且醇厚的味道」，但請注意：
即使是「순한 맛」，對外國人來說也可能相當辛辣。

쓰레기 名

sseuregi

垃圾，人渣

[例] 국민 쓰레기로 등극 .
gukmin sseuregiro deung-geuk

登上「國民垃圾」的寶座。

▶ 등극（登極：登上國王寶座等最高位子）。

速報 關於該點疑問 ...
道歉記者會

這一次 ...

解說

和我們常將愚蠢且討厭的人稱作「人渣、垃圾」是一樣的。在韓國，形容「混帳」可以用「인간 쓰레기（人類垃圾）」、「인간 말종（人間末種：人類中的敗類）」、「개쓰레기（狗屎垃圾）」等詞來表達。對於受到關注的人物或事物，會用「국민～（國民的～）」來形容，劇中受關注的反派角色則會被稱為「국민 쓰레기（國民垃圾）」，也算是種讚揚（？）。網路用語「기레기（垃圾記者、妓者）」則是用「기자（記者）」+「쓰레기（垃圾）」組合而成。

다정하다 形
dajeonghada

【多情-】溫柔

[例] 막내를 다정하게 챙기는 맏이 .
mangnae-leul dajeonghage chaenggineun maji

溫柔照顧忙內的大哥。

延伸單字

살갑다（溫柔）

解說

用於形容情感的形容詞。我們說的「多情」指的是「바람기（花心、不忠）」，但韓語中的「다정（多情）」則意味著「有人情味、心地溫暖、溫柔」。例如可以說「형과는 다정한 사이（與兄弟關係親密＝關係親近）」。表達「溫柔以待」可以用「다정하게 굴다或살갑게 굴다」。而「柔和、沒有棱角」這樣的「溫柔」則可以用「부드럽다」。比如「부드러운 눈빛（溫柔的眼神）」、「부드러운 성격（圓融的性格）」。

maejeonghada

매정하다 形

冷淡

maejeonghage deung-eul dollin mangnae
[例] 매정하게　등을　돌린　막내．
對人不理不睬的忙內。

延伸單字

인정사정없이（人情事情 -：不
留情面）

解說

溫柔的反義詞「無情＝冷淡，不理不睬」，可以用「매정하다」、「무정하다
（無情）」、「몰인정하다（沒人情-）」、「무심하다（無心-）」等詞彙表
達。固有語則可以用「쌀쌀맞다」表達。「냉정하다」有「冷情＝無情冷淡」
和「冷靜＝鎮定」兩種意思，因此需要注意上下文脈絡。「不近人情」可以
用「인정머리（人情-）가 없다」或「인간미（人間味）가 없다」來表達。「嚴
厲，苛刻」則可以說成「지독하다（至毒-）」、「모질다」。

붙임성이 좋다
but-imseong-i **jota**

平易近人

[例] 붙임성이 좋은 동생 .
but-imseong-i joh-eun dongsaeng

平易近人的後輩。

> 延伸單字
>
> 해맑다（天真開朗）

前輩～

解說

「붙임성」是「社交能力」的固有語。也可以簡單使用「잘（很擅長～）」簡單表達，例如「친구를 잘 사귀다（擅長交朋友）」、「사람과 잘 어울려 지내다（與人相處融洽）」。與人友好交往的能力稱為「친화력（親和力）」。性格外向的人，在網路用語中有時會被稱為「社牛」，在韓國則用會「인사이더（insider）」的縮寫「인싸」來表示。要進一步強調，就加上「핵（核）」來表示「超級」的意思，即「핵인싸」。

서먹서먹하다 形

seomeokseomeokhada

疏遠，見外

[例] 처음 만났을 때는 서먹서먹했던 동생 .
cheoeum mannass-eul ttaeneun seomeokseomeokhaetdeon dongsaeng

初次見面時感覺很疏遠的後輩。

멍멍

還好嗎？

解說

疏遠見外的性格也可以說成「친화력이 없다（難以親近）」、「낯을 많이 가리다（非常怕生）」。「害羞的人」在韓文中可以表達為「부끄러움을 많이 타는 사람」、「수줍음이 많은 사람」、「숫기가 없는 사람な」等多種形式。「부끄러움」和「수줍음」意指「害羞、羞澀」，而「숫기」則相反，指「活潑大方，不害羞」。「社恐」在韓文中是「아웃사이더（outsider）」的縮寫，稱為「아싸」。「拘束，尷尬」則可以說「어색하다」。

cheoldeulda

철들다 [動]

懂事，明理

[例] uri magnae cheoldeuleotne
우리 막내 철들었네.
我們家的忙內也長大了啊。

延伸單字

철（季節，當季）
봄철（春季）
제철 과일（當季水果）

哥，
這次我請客吧！

他已經長大了啊

解說

「철」是指「能夠分辨事情，明白道理的能力」，是一個固有語。在俚語中也
稱為「철딱서니」。而「철들다」表示「有分寸，精神年齡成熟」的意思。這
個詞通常在青春期前後或服兵役前後使用。如果孩子不做功課光顧著打遊戲，
就可以說「너 언제 철들래?」（你什麼時候才會長大？）、「철 좀 들어라.」
（該長大一點了。）退伍後，則會說「군대 다녀오고 철들었네.」（從軍隊回來
之後，你長大了。）

cheoleobda
철없다 存
不懂事，不明事理

[例] cheoleobneun hyeongdeul
철없는 형들 .

不成熟的哥哥們。

> 延伸單字
>
> 유치하다（幼稚）
>
> 유치찬란（幼稚燦爛：非常幼稚的意思）

呀比～

哥哥們...

解說

「철없다」指的是「沒有分寸、幼稚、不夠成熟、不懂世故」的意思。例如：「아직도 덕질하는 난 철이 없나 봐（還在追星的我，或許還不夠成熟吧）」。而「철부지（－不知）」指的則是做出不成熟行為的人。「철부지 맏내」是指像不成熟的老么一樣的長子或長女，其中「맏내」是「맏이（老大）」和「막내（老么）」組合而成的新詞。「按年齡來說的懂事程度」則稱為「나잇값（年齡值）」，例如「나잇값 못 하는 행동（不成熟的行為）」。

gojisikhada

고지식하다 形

死板，頑固

hyeong-eun neomu gojisikhaeyo
[例] 형은　　너무 고지식해요 .

哥的想法已經過時了。

延伸單字

고리타분하다（陳腐）

구식이다（舊式）

고집불통（固執不通）

《俗》똥고집（‐固執）

哥還是高中生
的時候…

又來了…

解說

在過去的韓國，人往往只因為年紀大就自視甚高。作為對此的反動，近年來的年輕人開始將倚老賣老的言行視為「고지식하다（思想陳舊）」，並對此感到厭惡。「꼰대 인턴」是電視劇《老頑固實習生》的原標題，講述了一位曾是權力騷擾上司的人成為下屬的故事，這樣「고지식한 사람（思想陳舊的人）」被稱為「꼰대（老頑固）」。「내가 형이지？（我是長輩耶？）」、「요즘 것들은（現在的年輕人啊）」、「나 때는 말이야（在我那個年代）」都是「꼰대」們常用的語句。拼音相近的「꼴통」則是指「不聽別人話，固執愚蠢的人」，常用於形容固執的孩子或同齡人。

융통성이 있다
yungtongseong-i · itda

【融通性 -】知道變通

[例] 사고방식이 유연하고　융통성　있는 막내 .
sagobangsig-i　yuyeonhago　yungtongseong　itneun　magnae

思考方式靈活、知道變通的忙內。

要吃
咖哩嗎？

好！

要吃
燉菜嗎？

好！

解說

在過去的韓國，重視禮儀，遵循長幼尊卑是理所當然的。但現在的年輕一代討厭陳舊的思維，例如「여자라서 남자니까」（因為是女性、因為是男性）的偏見，或是僅憑年齡和經驗就想佔上風的「꼰대질（老頑固行徑）」。他們喜歡過著不過多干涉他人的生活方式，並追求各世代能夠「융통성 있게（靈活地）」共存的「문화다양성（文化多樣性）」。

예민하다 形
yeminhada

【銳敏-】**敏感，神經質**

[例] **배고프면　예민해져요.**
baegopeumyeon yeminhaejyeoyo
肚子一餓就開始暴躁。

延伸單字

민감하다（敏感）

날이 서다（刀鋒銳利，神經敏稅）

저기압（低氣壓：心情不好）

解說

「예민하다」的意思是「敏感，脆弱」，例如「예민한 질문（尖銳的問題）」。「예민하게 굴다（表現得很敏感）」、「예민해지다（變得很敏感）」則表示「神經過敏，戰戰兢兢」的意思。「예민한 사춘기」則指「敏感的青春期」。「거칠다（粗糙）」的同義詞「까칠하다（表面粗糙，不光滑）」也可用來描述「不友好，經常很暴躁，應對不慎重」等性格特徵。

뻔뻔하다 形
ppeonppeonhada

厚臉皮

[例] 아줌마가 되니 뻔뻔해졌어요 .
ajummaga doeni ppeonppeonhaejyeoss-eoyo

變成大嬸之後臉皮就開始厚了。

延伸單字

얼굴에 철판을 깔다 (臉包鐵皮
＝厚顏無恥)

每人限購一條

解說

如果「뻔뻔하다」意味著「神經大條」,那麼「염치없다 (廉恥 -)」則是「不
知羞恥」,例如「염치없이 찾아오다 (厚臉皮地闖入)」。「目中無人」則稱
為「안하무인 (眼下無人)」,例如「안하무인 성격 때문에 전 남친과 헤어졌어
요 (她因為目中無人的性格而被前男友分手了)」。「능글」、「능청」和
「넉살」這些詞指的是「厚顏無恥,胡說八道,理直氣壯」,用於描述那些能
夠若無其事地說謊或說出違心之論的人。

kkalkkeumhada

깔끔하다 形

清爽，俐落

[例] dwisjeonglikkaji wanbyeoghan kkalkkeumhan namja
뒷정리까지　완벽한　깔끔한　남자.

連後續整理都要做到完美的人。

解說

「깔끔하다」用於表示性格時，指的是「乾脆俐落，不拖泥帶水」和「愛乾淨」。它廣泛用於形容房間「整齊且乾淨」、打扮或髮型「整潔」、口味「清爽」、說話「簡潔明瞭」以及處理工作「高效俐落」等。如果過於講究細節，就可能變成「예민하다」或「까다롭다（挑剔，難伺候）」。例如「식성（입맛）이 까다롭다（對吃的很挑剔）」。

털털하다 形

teolteolhada

隨和，不拘小節

[例] 방이 지저분해도 개의치 않는
bang-i jijeobunhaedo gaeuichi anhneun
털털한 여자 .
teolteolhan yeoja

房間丟得亂七八糟也還不在意的懶散女子。

延伸單字

지저분하다（骯髒，邋遢）

어수선하다（雜亂無章）

누추하다（陋醜 - ：髒亂）

解說

「털털하다」是指「不拘小節，不做作」的性格，用於與整潔相關的形容則有「懶散馬虎」的意思。將「털털」和「깔끔」相對比，就是「懶散的人」和「愛整潔的人」。「不做作、不矯揉造作」也可以稱為「소탈하다（疏脫 -）」。與此相對的「高傲」稱為「도도하다」，「裝模作樣」則是「새침하다」。「도도해 보이지만 의외로 털털해요」，就是「看似高傲，卻出乎意料地不做作」。「개의치 않다」是「개의하다（介意 - ：介意）」的否定形。

jalhada

잘하다 形

擅長

geunama jalhaneun ge itdamyeon
[例] 그나마 잘하는 게 있다면 …

　　硬要問我擅長什麼事的話...

▶ 「그나마」是「（雖然不滿意但）不得不說的話」。

20:02　LIVE

我擅長的
事情是 …

擅長的事情是什麼呢？☺

超可愛♡♡

解說

「잘하다（擅長）」也能用來當作讚美的詞彙，表示「做得好」。老師會說的「你做得很好」在韓語中則是「참 잘했어요」。想要別人稱讚自己做的事時說的「我做得不錯吧？」，可以用「나 잘했지？」表達。要對別人說「做得好，繼續加油」時，可以用「잘하고 있어요」。其他的讚美用語包括「기특하다（奇特-）」——「很厲害，了不起」，以及「장하다（壯-）」——「做得很好，值得佩服」。在被讚美時，則可以謙虛回應「您過獎了」——「과찬이세요（過　-）」。

seotureuda

서투르다 形

不擅長

[例] hwang-geum mangnaegedo seotureuda ge itdago
황금 막내에게도 서투른 게 있다고？
黃金忙內竟然會有不擅長的事？

延伸單字

서툴다（서투르다的另一種寫法

解說

和「擅長」相比，韓語中「不擅長」的表達則不太為人所知。雖然使用「잘못해요（不擅長）」也沒問題，但不妨借此機會記住。「서투르다」通常與助詞「～이/가（的）」或「～에（在）」一起使用，例如「요리에 서툴러요（在烹飪方面不擅長）」。它也用於表示「익숙하다（熟悉）」的反義詞「不熟悉」，例如「한국어가 서투른 외국인（對韓語不熟悉的外國人）」。若要表達「笨拙」，則用「솜씨가 서투르다」。若用「어설프다（生疏，不自然）」，則可以說「어설픈 한국어（生疏的韓語、不自然的韓語）」。

179

simjeong

심정 名

【心情】心情

[例] jigeum simjeong-i eotteosinji

지금 심정이 어떠신지？

您現在的心情如何呢？

▶ 頒獎典禮等場合，主持人常說的句子。

延伸單字

《俗》멘탈갑（mental 甲：心理素質強韌的人）

解說

「心情」和「精神」在韓國是日常口語中經常使用的詞彙。「심정」被用作「마음（內心，心裡）」的替代詞。例如「내가 그 심정 알지（我懂那種心情）」，「그 때 심정을 가사에 담아 봤어요（我把那時的心情試著寫進了歌詞中）」。「멘탈（心理狀態）」也經常使用。容易受傷的心理狀態被稱為「유리멘탈（玻璃心）」或「두부멘탈（豆腐心）」。而「心理崩潰」以俗語稱作「멘탈붕괴（mental崩壞）」，簡稱「멘붕」。

jeongsin

정신 名

【精神】精神

nae jeongsin jom bwa
[例] 내 정신 좀 봐.

看一看我的精神＝糟糕，不小心忘記了。

▶ 用於突然記起某件該做的事情的時候。

糟糕！

解說

許多慣用語都會用到「정신」這個詞。可以用「意識，心神」來解釋的例子有「정신을 잃다（失去意識）」、「정신이 들다（清醒＝恢復意識）」、「정신 사납다（心神不定）」、「정신 차리다（打起精神＝集中精神）」。「정신 똑바로 차려요.」（請保持警覺。）「정신이 없다（沒有心思）」指的是「忙得不可開交，手忙腳亂」，「정신을 팔다（賣掉精神）」是指「不專心，分心」，「정신이 나가다（精神離開）」則表示「心不在焉，恍神」。

jinsim

진심 名

【真心】 真心，誠心

jeonhaji moshan jinsim-eul malhaeyo

[例] 전하지 못한 진심을 말해요.

我要說出沒能傳達的真心話

解說

用漢字寫作「真心」，意指「沒有謊言和偽裝的心、真正的想法、認真、本心」。例如「나만 진심이었어…（只有我是認真的…）」、「진심이야.」（我說的是真心話）。「誠心誠意」的「誠心」，在韓語中則是「정성（精誠）」或「성심（誠心）」。「정성을 듬뿍 담아서…（帶著滿滿的誠意…）」。「懇切地，衷心地」在韓語中是「간절히（懇切-）」，例如「간절히 바라다（我衷心期盼）」。

gasik
가식 名

【假飾】做作，虛偽

[例] gasikjeok-in maldeul
가식적인 말들 .
虛偽的話語。

延伸單字

거짓（謊言）
《俗》뻥・구라（謊話）

真不愧是～

解說

指的是只做表面功夫的虛假姿態。例如「가식이 아니라 자신들의 진솔한 이야기를 담은 노래（不是虛飾，而是真誠地包含了自己的故事的歌曲）」。「가식이 아니에요, 진심이에요.」（不是謊言，是真心的。）「저는 가식 같은 거 없어요.」（我沒有那種虛偽的一面。）「가식적（假飾的）」，則用來形容「가식적인 행동은（偽善的行為）」、「가식적인 웃음은（做作的笑容）」等。

jalangseureobda

자랑스럽다 形

自豪的

jalangseureoun dongsaeng-iya
[例] 자랑스러운 동생이야.

我引以為榮的弟弟。

解說

「자랑」是一個結合了「自豪」和「炫耀」意義的詞，加上「스럽다」後變成「自豪的，引以為榮的」。例如，「자랑스럽게 여기다（以此為榮‧值得驕傲）」。「나는 자랑스러운 태국기 앞에…（我站在令人自豪的太極旗前…）」是對國旗的誓言中的一句。加上「하다」則變成「引以為傲，炫耀」的意思，比如「동생을 자랑하다（以弟弟為榮）」。「自豪感」在韓語中不是用「자랑을 갖다」，而是用「긍지（矜持：榮譽感）」或「자부심（自負心）」來表達。

민망하다 [形]

minmanghada

【憫惘-】丟臉，尷尬

[例] 보는 내가 더 민망해요 , 형 .
boneun naega deo minmanghaeyo hyeong

哥，我看了都不好意思了。

▶ 對著衣服裡外穿反的前輩說。

延伸單字

수모（受侮：屈辱）

哥，你衣服穿反了 ...
好丟臉 ...

解說

與單純指「羞恥」的「부끄럽다」、「창피하다」不同，這裡涵蓋了「羞恥＋可憐＋焦急」的情感。例如，當自己在舞台上摔倒的時候，「민망했어요（真希望有個洞能鑽進去）」。伸手想握手卻被無視的時候，「이 손이 민망해…（這隻手該往哪擺…）」。「恥辱」在韓語中也稱為「망신（亡身：丟臉）」，例如「망신 당하다（出糗，出醜）」、「망신시키다（使人蒙羞）」。

siwonhada

시원하다 形

暢快，爽快

siwonhage daedabhae deurilgeyo
[例] 시원하게 대답해 드릴게요.

我會給你一個乾脆的回答。

YouTV

我給你一個
乾脆的回答！

解說

針對食物、氣候等各種場合，用來表示「感覺舒適、暢快」的詞語就是「시원하다」。電視劇或電影中對反派展開反擊，或者劇情發展得很有速度感時，這種感覺就像喝碳酸飲料時的「시원함（暢快感）」，在業界也稱為「사이다（cider：汽水）」。例如，「사이다 발언 시원하게 날려 줘（請說句讓人暢快的話）」。加上「속（肚子）」後就變成「속 시원하다」，也有「感覺暢快＝爽快」的意思。

답답하다 [形]

dabdabhada

煩悶，焦躁

[例] 어우 정말 답답한 사람이네 .
eou jeongmal dabdabhan saram-ine

啊～真是令人煩躁的人。

> **延伸單字**
>
> 고구마 전개（緩慢而令人不耐煩的進展）

這人看了
真煩躁...

NBS

解說

感覺「不爽快，心煩意亂，焦躁」時，就可以說「답답하다」。比如，「보는 내가 답답하다（光看著就讓人覺得很煩躁）」。有時則會用吃了會卡在喉嚨的「고구마（地瓜）」來比喻遲鈍或節奏不佳的情況。例如，「고구마 먹다 체한 기분이야. 너무 답답해.」（就像地瓜卡在喉嚨，太讓人不耐煩了。）

ppudeuthada

뿌듯하다 形

心滿意足，高興

mwonga doege ppudeuthan han haeyeoss-eoyo
[例] 뭔가 되게 뿌듯한 한 해였어요.
總覺得過了相當充實的一年。

延伸單字

오지다（滿足，오지게 有〈非常‧超級〉的意思。

【俗語，年輕人用語】常用來表示「超強，超屌」的意思。）

解說

表示「感到滿足、心滿意足」時，雖然可以用漢字詞「만족스럽다」，但更常用的是固有語「뿌듯하다」。例如，「형이 상 받아서 내가 다 뿌듯해요（哥哥得獎了，我感到很高興）」。直譯是「高興」，但與「기쁘다（高興）」相比，更多了一種「心中充滿喜悅」的感覺。表示「滿足的臉」的字卡通常會打上「뿌듯」。

섭섭하다 [形]

seobseobhada

不夠滿意，惋惜

[例] 나한테 뭐 섭섭한 거 있어?

nahante mwo seobseobhan geo iss-eo

你對我有什麼不滿嗎？

延伸單字

시원찮다（不怎麼滿意，身體
不怎麼舒服）

你對我有什麼不滿嗎？

解說

表示「不滿足，心有未甘」時，雖然可以用「불만스럽다（不滿-）」，但更
常用的是「섭섭하다」。「섭섭하다」包含了「悲傷＋不滿足」的意思。例
如，「배부르지만 남기면 섭섭하죠?」（雖然吃飽了，但如果剩下不是有點可惜
嗎？）「서운하다」也有相同的意思。比如，「나한테 서운한 거 없어요?」（你
對我有什麼不滿嗎？）。在連續劇拍攝結束後，許多演員會表示自己感到「시
원섭섭（爽快卻又寂寞 = 高興卻又有點惋惜）」。

sinnada

신나다 動

開心，興奮

[例] amugeona sinnaneun eum-ak teul-eo bwa
아무거나 신나는 음악 틀어 봐 .
放一點帶勁的音樂吧。

延伸單字

신나신나（興奮貌）

放點開心的音樂

解說

除了「재미있다（有趣）」和「즐겁다（快樂）」以外，用來表示「愉快」的詞語。有「情緒高漲，興奮」的意思。例如，「어제 형이랑 신나게 놀았어요 .」（昨天跟哥玩得很開心。）「신나다」中的「신」表示「興高采烈的情緒，情緒高漲」。「신명」、「신바람」、「흥（興）」也有相同的意思。要闡述感想時，如果只說「아주 재미있었어요 .」（很有趣）就會顯得單調，可以改說「신나고 재미있었어요 .」重複強調「很開心」的意思。「재미있다」也可以寫成「재밌다」。

다운되다 動

daundoeda

【down-】 情緒低落

wae geureotge daundwae iss-eo
[例] 왜 그렇게 다운돼 있어?

你為什麼心情這麼低落？

延伸單字

시시하다（微不足道，無聊）

解說

「다운되다」意思是「情緒低落」。「心情很低落」就是「기분이 다운 되다」。「기분 나쁘다（感覺很差）」或「기분 안 좋다（感覺不好）」，在韓語中是「不開心，生氣」的意思，而不是指「身體不舒服」，還請留意使用方式。 年輕人會用「분위기가 싸하다」表示「怪異的氛圍，微妙的氛圍」。「突然冷場」則是「갑분싸」，省略自「갑자기 분위기가 싸하다（氛圍突然涼掉）」。

욱하다 動
ukhada

生氣，動怒

[例] **욱해서 미안해요 .**
ukhaeseo mianhaeyo

很抱歉突然發了火。

延伸單字

짜증（不耐煩，發脾氣）

짜증이 나다（火大起來）

解說

副詞「욱」是表示激烈的情感湧上。「動怒之後做了～（某事）」就是「욱하는 마음・심정에～」。例如「욱하는 마음에 한 말（一時生氣說出的話）」、「욱하는 성격（容易暴怒的性格）」。「화（火）」和「열（熱）」也有「怒氣」的意思。例如「화가 많이 나.」（非常生氣。）「화내지 마세요.」（請不要生氣。）「열받아（火冒三丈）」。要安撫生氣的人時，則可以說「화 풀어요.」（請冷靜一下。）

짠하다 形

jjanhada

難受，傷心

nega uneun geo bomyeon ma-eum-i jjanhae

[例] 네가 우는 거 보면 마음이 짠해 .

看見你哭，我也覺得很難受。

延伸單字

애절하다 · 애틋하다（哀切 -：
悲痛）

울상（- 相：哭臉，快哭的臉）

울보（愛哭鬼） 대성통곡（大
聲痛哭：號泣）

解說

「슬프다（悲傷）」的其他表達方式。「가슴이 짠하다」可用來表示「心痛」。「마음이 짠해 지다」則意指「感到心碎」。「感到可憐」可用「애처롭다」或「딱하다」表達。例如「그 친구 사정이 너무 딱해서 마음이 아파요.」（他的情況令人同情，讓人心痛。）而「想哭」則可用「울먹거리다」或「울먹이다」表達。「울컥」則表示情感湧上，既可用於憤怒也可用於悲傷。「눈물이 핑 돌다」表示「淚水奪眶而出」，「눈시울이 뜨거워지다」則表示「熱淚盈眶」。

신기하다 形

singihada

【神奇 - 】神奇

[例] **이거 되게 신기하지 않아요 ？**

igeo doege singihaji anh-ayo

這也太神奇了吧 ？

延伸單字

《俗》레전드（傳奇）

《俗》넘사벽（等級不同，無與倫比）

《俗》역대급（歷代級：歷代頂級，史無前例）

好厲害！

解說

「신기하다」的翻譯是「神奇」，但也用於表示讚嘆或驚歎的情況。年輕人常使用「대박」、「쩐다」、「헐」等詞表示「超厲害，超強」的意思，有時也會加上「신기하다」。例如「대박이다, 신기해.」（超強的，超神）。而用來表達「創新又厲害」的新造語「신박하다」也被廣泛使用，例如「그 아이디어 신박하다.」（這個想法太新奇，太厲害了。）

heunhada

흔하다 形

平常，不足為奇

[例] geugeo neomu heunhaji anh-ayo
그거 너무 흔하지 않아요？

這豈不是很常見嗎？

延伸單字

잦다（頻繁）

嗯…
這太普通了。

000について

解說

「平常」就是「沒多厲害」的意思，例如「흔한 일（平凡的事情）」。這個詞也可以改成否定形來表達，例如「흔치 않다（不常見）」。當答案或結果「顯而易見、已知」的時候，就可以使用「뻔하다」。例如，「불 보듯 뻔한 일（明顯得如同看見火）」或「안 봐도 비디오（不看也是video＝不用看也有畫面）」，都是表示「明顯，無庸置疑」的慣用語。「- 뻔하다」則表示「差點就～了」的意思。例如「내가 없었으면 어쩔 뻔했어.」（要是我不在的話該怎麼辦？）

各種關於「穿戴」的表達

就像「戴帽子」、「穿襪子」等表達，穿戴動作有許多不同的表述。一邊感受這些差異，一邊把這些表現記在心裡吧。

臉的四周 → 쓰다

우산을 쓰다（撐傘）、모자를 쓰다（戴帽子）、안경을 쓰다（戴眼鏡）、마스크를 쓰다（戴口罩）

身體四周 → 입다

티를 입다（穿Ｔ恤）、바지를 입다（穿褲子）、치마를 입다（穿裙子）、원피스를 입다（穿洋裝）

腳的四周 → 신다

양말을 신다（穿襪子）、신발을 신다（穿鞋子）

戴上，掛上 → 걸다、걸치다

귀걸이를 걸다（戴耳環）、목걸이를 걸다（戴項鍊）、메달을 걸다（戴勳章）、코트를 걸치다（披上外套）

繫上 → 매다

넥타이를 매다（打領帶）、리본을 매다（綁上蝴蝶結）

佩帶，懸掛→ 달다、차다

이름표를 달다（掛名牌）、귀걸이를 차다（戴耳環）、팔찌를 차다（戴手鐲）、검을 차다（佩刀）

放入，套上 → 끼다、끼우다

렌즈를 끼다（戴隱形眼鏡）、반지를 끼다（戴戒指）、장갑을 끼다（戴手套）、단추를 끼우다（扣扣子）

掛在肩上 → 메다

가방을 메다（把背包背在肩上）

比較一下
表達溝通和動作
的單字吧

\ 問候一下大家！ /

- 日常對話中常用到的單字
- 表達動作的單字

건강하다 名
geonganghada

【健康 -】健康

[例] 여러분 잘 지내세요 ? 저희는
yeoreobun jal jinaeseyo jeohuineun
건강하게 잘 있어요 .
geonganghage jal iss-eoyo

大家都過得好嗎？我們都很好喔。

延伸單字

파이팅 넘치다（充滿活力）

쌩쌩하다（活蹦亂跳）

解說

「很好」是個基本用語，但無法直譯。可以簡單地用「잘 있다」或「잘 지내다（過得好）」來表示，有時也會用「안녕하다（安寧）」。久別重逢時問「這段時間你過得好嗎？」可以說「그동안 잘 지내셨어요 ?」或「안녕하셨어요 ?」。告別時說「保重」，可以用「잘 지내세요」。加上「건강하게（保重健康）」或「아프지 말고（不要生病）等詞語，會變得更有變化。詢問對方是否安好被稱為「안부 인사（安否人事：詢安問候）」。

기운이 없다 名

giun-i **eobda**

沒力氣，沒精神

[例] 기운이 없고 입맛도 없어요.
giun-i eobgo ibmatdo eobs-eoyo

無精打采又沒食慾。

▶「입맛」指「食慾，味覺，喜好」。

妳看起來很不舒服耶…

解說

形容「不太好」並不是用「잘 있지 않다」，而是用「기운이 없다（沒精神）」或「힘이 없다（沒力氣）」。這裡的「力氣」並不是指體力，而是指沒有活力。「感覺不舒服，身體不適」也可以用「아프다（生病）」，例如「아파 보여요（看起來很不舒服）」。用英語的「컨디션（condition：狀態）」來表示，例如「컨디션이 안 좋아（狀態不好）」，也是種表示身體狀況不佳的說法。「注意身體」可以用「몸 조심하다」、「몸 관리 잘하다」及「건강 잘 챙기다」等。

관심 있다 名

gwansim itda

【關心 -】有興趣

[例] **뮤지컬에도 관심 있어요.**
myujikeol-edo gwansim iss-eoyo

我對音樂劇也很有興趣。

> 延伸單字
>
> 관심거리（關注的事）

我也想挑戰看看
音樂劇！

解說

韓語中雖然也存在「흥미（興味）」一詞，但往往會用「관심（關心）」來替代。在電影或影集的首映記者會上，常會聽到「많은 관심 부탁드립니다（請多多關照）」，這句話用得非常頻繁，甚至衍生出了縮寫「많관부」。「非常有興趣」是「관심 많다」，例如「저 패션에 관심이 많아요（我對於時尚非常感興趣）」。「開始對某事產生興趣」則用「관심이 많아지다」。提到「관심사（關心事）」，則可以問「요즘 최대 관심사는?」（你最近對什麼有興趣呢？）

gwansim eobda
관심 없다 名
【關心 -】沒興趣

[例] ^{wonrae} 원래 ^{aidol-e} 아이돌에 ^{gwansim} 관심 ^{eobs-eoss-eoyo} 없었어요 .

我原本對當偶像沒什麼興趣。

意外被發掘 ...

解說

「沒興趣」常用於明確拒絕某人的台詞中，例如「관심 없다 나 너한테 관심 없어.」（我對你沒興趣）。在電視劇中，「관심 꺼」（停止你的關心＝與你無關）這句台詞也經常出現。「漠不關心」是「무관심」，用俗語則說成「노관심（no關心）」。「사람들은 남에게 관심 없다（人們對他人漠不關心）」這種說法，總讓人感到寂寞。所以有時會說「조금은 관심 가져 주세요（多少關心一下吧）」。

insa
인사 名

【人事】問候，打招呼

insadeurigessseubnida　　dul set
[例] 인사드리겠습니다. 둘 셋!

　　向大家問聲好。預備～（2、3）！

▶ 偶像的自我介紹。後面通常會接著團體名稱。

延伸單字

새해 인사（新年問候）

추석 인사（中秋問候）

\ 問候一下大家！ /

解說

韓語中沒有早晨、中午和晚間的特定問候語。說「早安」時，可使用相當於英語「Good morning」的韓語，「좋은 아침（美好的早晨）」。問候的禮節已經融入日常生活中。「인사 받으세요（請接受我的問候）」是在新年或久未見面的親戚之間，下位者對上位者問候時使用的語句。當上位者「고개만 까 딱（微微點頭）」時，下位者則須彎腰鞠躬。而在「악수（握手）」時，如果上位者使用「한 손（單手）」，下位者則應該使用「두 손（雙手）」，每個場合都有其對應的禮儀。

jeol
절 名

行禮，跪拜禮

saehaenikka uri jeol hanbeon jedaero hae bobsida
[例] 새해니까 우리 절 한번 제대로 해 봅시다 .

新年到了，我們好好行個禮吧。

解說

在日本，即使是最為尊敬的行禮，也只是將身體前傾45度鞠躬。但在韓國，最為恭敬的問候方式是「큰절（行大禮）」，這需要將手臂舉到眼睛高度然後蹲下，將額頭觸及地面。這樣的行禮於婚禮、葬禮或法事等場合。「下跪」是「무릎을 꿇다」。在「절（寺廟）」進行的是佛教式的「절（跪拜禮）」，這是將「五體投地」的動作簡化後的形式，即雙膝跪下並將額頭貼地，同時手掌朝上。

감사드립니다 名
gamsadeuribnida

【感謝-】感謝

[例] **정말 사랑하고 감사드립니다.**
jeongmal saranghago gamsadeuribnida

真的很愛大家，感謝大家。

▶ 在頒獎典禮等闡述得獎感言時常用的句子。

解說

「감사하다」和「고맙다」的差異只在於分別是漢字詞和固有語，意思上則都是表示感謝。不過由於「감사합니다」和「감사드립니다」都是源自漢字，給人的印象就相對正式一些。在正式場合，如向老師、父母或其他尊長表達感謝時，人們會使用漢字詞表達。在頒獎典禮上，獲獎者常會說「감사합니다」或「감사드립니다」。例如，他們可能會說「여러분들 덕분에 이런 멋진 상을 받게되어 너무너무 감사드립니다.」（託大家的福，我才能夠獲得這個美妙的獎項，真的非常感謝大家。）

고맙습니다 名

gomabseubnida

謝謝

[例] 노래 아주 잘하시네요 . - 고맙습니다 .
norae aju jalhasineyo gomabseubnida

您真的很會唱歌。- 謝謝。

解說

韓語學習者會傾向使用「감사합니다」（gamsahabnida），但在口語中「고맙습니다」的使用頻率更高。孩子們經常會使用，大人也會在想要表現非正式感時使用它。「고마워요」（gomawoyo）有時可能被視為失禮，所以在與同輩或晚輩交流時使用較為安全。相反地，大人對孩子說「감사합니다」可能會顯得有些不自然。過度使用「고마워」（gomawo）也可能讓彼此變得生疏，所以不妨換個表達方式，如「아이고 예뻐라」（哎呀，你真聰明）。不過，為了教育孩子說話要禮貌，大人有時也會對孩子說「고마워요」。

dowajuseyo

도와주세요 名

幫幫忙

gosunimdeul dowajuseyo
[例] 고수님들 도와주세요 .

希望可以請各位專家幫幫忙。

> 延伸單字
>
> 도우미 (家務或照護的服務
> 員、支援者、陪護)

英語學習法

我打算去考多益，想問問各位推薦
哪幾本考試用書呢？請各位專家幫幫忙。

| 1. ABC 出版的《多益必考 ... | 💬 15 ♡ 30 |
| 2. 也很推薦「English Tube」。... | 💬 10 ♡ 22 |

解說

同樣是「請幫幫我」，在請求協助時會用「돕다（幫助）」。商店店員問顧客「您在找些什麼嗎？」的時候，會用「고객님 무엇을 도와드릴까요」（客人，您需要什麼幫助嗎？）也可以使用「돕다」的名詞形式「도움」來表達。「도움을 주다」是「幫助他人」，「도움을 받다」是「接受幫助」，「도움이 되다」則是「有幫助的，有用的」。「도움이 많이 됐어요」的意思是「真的幫助很大，非常感謝」。

살려 주세요 名

sallyeo juseyo

救救我

[例] 거기 누구 없어요 ? 사람 살려 주세요 .
geogi nugu eobs-eoyo saram sallyeo juseyo

有人在嗎？拜託救救我。

解說

「救命」可以用「살리다（使～活下來）」來表達，說成「살려줘」或「사람 살려」。「제발 목숨만은 살려 주세요（拜託饒我一命吧）」是乞求活命的場景中經典的台詞。即使不是攸關性命的情況，也可以用「덕분에 살았어요（多虧有你，我才能活下來）」來表示受到莫大的幫助。鬆了一口氣，想說「太好了，得救了」的時候，可以說「살았다（我活下來了）」；相反地，如果想表示「完了，這下沒救了」時，則可以使用「죽었다（死了）」、「망했다（完了）」，或是「끝장이다（完蛋）」等表達。

말이 짤다
mal-i jjalbda

說話不敬

neo seonbaehante mal-i jom jjalbda
[例] 너 선배한테 말이 좀 짧다?

你這是跟前輩說話的口氣嗎?

什麼口氣!

解說

韓語中的「非敬語」稱為「반말(半語)」(譯注:即不完整或非正式的語言)。想告誡對方不要用「반말」講話時,會使用「말이 짧다(話很短)」來表達。對於初次見面的人使用「반말」是違反禮儀的。在這種情況下,可能會聽到「왜 말이 짧으세요? 저 아세요?」(為什麼對我用那種語氣?你認識我嗎?)而即使是認識的人,也不可以對上位者使用「반말」。在這種情況下,上位者可能會用「너 말이 짧다?」(你這是在用半語嗎?)或「어디서 반말이야.」(你這是在跟誰說話?)來提醒或警告。

말을 놓다

mal-eul notda

不說敬語

[例] 우리 말 놓고 편하게 지내요 .

uli mal noko pyeonhage jinaeyo

我們別說敬語，放輕鬆點說話吧。

別說敬語了，放輕鬆一點吧～

解說

「敬語」稱為「존댓말（尊待-）」或「높임말」。這種語言形式通常用於與年齡或職位高於自己、「어려운 관계」（需要謹慎以對的關係）或初次見面的人交談。另一方面，為了打破尷尬或不自然的關係，有時人們會選擇使用更親密的「반말（平語，非敬語）」來代替「존댓말」。提出「我們不使用敬語好嗎？」時，韓語會說「우리 말 놓을까요?」（我們放下言辭吧？），意味著提議雙方可以用更親密、更自在的語言交談。「어렵다（感到不自在）」的相反是「편하다（感到自在）」，所以使用「편하게 이야기하다（舒適地交談）」也表示「不說敬語」的意思。

gareuchida

가르치다 動

教導，教

[例] 형이 가르쳐 줄게.
hyeongi gareuchyeo julge

讓哥來教教你。

哥來教你怎麼玩

解說

在表現理想人際關係的「五倫」中，「장유유서（長幼有序）」充分展現了儒家的上下關係如何運作。上位者是處於「教導」下位者的地位。不僅僅是像「한국말을 가르치다（教韓語）」這類技術或知識的傳授，還須具備「教導與引導」的能力。祈求幸運和成功的「吉祥話」稱為「덕담（德談）」。除了上位者用來給予下位者祝福外，家庭成員、同事、朋友之間也可以彼此祝福。然而，在當今時代，像「올해는 결혼해야지（今年趕快結婚吧）」這樣的「덕담」則可能被視為「오지랖（多管閒事）」。

ttareuda

따르다 動
跟隨，遵從

hyeong mal-e ttareulgeyo
[例] 형 말에 따를게요 .
我會遵從哥的建議。

延伸單字

따라 하다（模仿）

我會遵從
哥的建議！

解說

「遵從」上位者的教導是下位者應有的舉止。例如「형 따라 했어요.」（我已經照哥的指示做了）。然而，如果是年輕上司加上年長部下這種上下翻轉的組合，地位關係就會變得難以掌握。以偶像圈為例，假設團體中的「동생（弟弟）」比起「형（哥哥）」更會歌唱，舞蹈水準也更好。即使處於這種難受的狀態下，也還是樂意追隨弟弟們一起工作的大哥，便能稱得上是有度量的人。

chaeng-gida

챙기다 動

照顧

saengil chaeng-gyeo jwoseo gomabseubnida
[例] 생일 챙겨 줘서 고맙습니다 .
謝謝你們還想到我的生日。

解說

「챙기다」是一個在韓語中經常使用卻難以直譯的詞語。它的本意是「為某物充分做好準備」，但當用於描述對人的行為時，「챙기다」指的是在關心對方的同時為他們做各種事情，從「請客吃飯」到「慶祝生日」都包括在內。「형은 정말 잘 챙겨 주는데 조금 과할 때가 있어요.」（哥真的很照顧我，但有時候也會照顧過頭了。）

의지하다 動

uijihada

【依支-】依賴

[例] 막내가　형을　의지하고　있어요.

mangnaega　hyeong-eul　uijihago　iss-eoyo

老么很依賴哥哥。

延伸單字

매달리다（糾纏）

哥！

解說

儒家的上下關係並不一定只對上位者有好處。如果上位者對下位者「關心照顧」，那麼下位者對上位者也會有「依賴和接受好意」的一面。「依賴」被稱為「의지하다」。在戲劇和電影拍攝結束後，常見的感想就是「서로 의지하면서 촬영했어요.」（我們在互相支持的情況下進行了拍攝。）然而，就像日本出現了「不想參加上司飲酒聚會的年輕人」，這種有人情味的上下關係在韓國也逐漸變得淡薄。

자존심 名
jajonsim

【自尊心】自尊心

jeodo jajonsim-iraneun ge itgeodeun-yo
[例] 저도 자존심이라는 게 있거든요.
我也是有自尊心的。

延伸單字

기 싸움（爭奪權力，爭奪主導權）

解說

教養孩子時，也要重視「자존심 지키기（保護他們的自尊心）」。「기가 죽다（氣餒）」意味著感到自卑。當在比賽中處於失利的時候，通常會用「기 죽지 마（不要氣餒）」來鼓舞士氣。「무시당하다（被忽視，被瞧不起）」是一種屈辱，但只要做父母將「기를 살리는 육아（激勵式教養）」謹記在心，孩子就不會變成只能默默承受的「기가 죽은 아이（氣餒的孩子）」。

nunchi
눈치 名
臉色，察言觀色

wae hyeong nunchi-leul boneunde
[例] 왜 형 눈치를 보는데？

幹嘛老是看哥的臉色？

幹嘛老是看哥的臉色？

解說

韓國人也同樣會在意周遭的眼光。在日本常說「讀空氣」，韓國則是說「눈치를 보다」。尤其是指針對在上位者，「顧慮對方的感受，揣測其情緒與意圖」。「눈치가 없다」就相當於「不會看臉色」。在公司等組織中，如果上位者過度要求下屬「눈치를 봐 달라」，可能會導致「갑질（權勢霸凌）」等問題。無論上下關係，都可以使用「눈치가 빠르다」來描述「直覺敏銳，很會察言觀色」。「눈치를 채다」是「察覺，看出來」的意思。

kkotda

꽂다 動
插入

[例] **빨대 꽂고 마셔요.**
ppaldae kkotgo masyeoyo
插入吸管即可飲用。

延伸單字

찌르다（戳）

只要插上吸管就可以喝了！

解說

插上「이어폰（耳機）」、「빨대（吸管）」、「충전기（充電器）」、「머리핀（髮夾）」等東西的動作稱為「꽂다」。使用了「꽂이（～插）」的詞彙，包括「우산꽂이（雨傘座）」、「연필꽂이（筆筒）」、「책꽂이（書架）」、「꽃꽂이（插花）」。「劍被刺入」是「검이 꽂히다」。「꽂히다」則可以用來表示「入迷，著迷」的意思，比如「처음 듣자마자 꽂힌 노래（一聽就迷上的歌）」。把食物用竹籤刺在一起的「串」是「꼬치」，「烤雞串」就是「닭꼬치」。

ppaeda
빼다 動
拔出，拿下

gwigeol-i yeppeotneunde ppaess-eo
[例] 귀걸이 예뻤는데 뺐어?

耳環明明很好看，怎麼拿掉了？

▶「耳環」也稱為「피어싱」。

怎麼拿掉了？

解說

拿掉隱形眼鏡、戒指、手錶等物品時，使用的動詞是「빼다」。「빼먹다」的意思則是「忘記，遺漏」。比如，「뭔가 빼먹은 거 있나요?」（有什麼遺漏的東西嗎？）。「拔出」也可以使用「뽑다」。在韓劇《鬼怪》中，胸口被劍刺中的鬼怪所說的「검 뽑아 줘.」意思就是「幫我把劍拔出來」。「뽑다」也有「選擇」的意思，比如「粉絲挑選的歌曲」，就是「팬들이 뽑아 준 곡」。另外，鈕扣是用「풀다（解開）」，手套和眼鏡則用「벗다（取下）」。

teulda

틀다 名

開啟

eeokeon teul-eo jwoyo
[例] 에어컨 틀어 줘요.

請把空調打開。

請幫我把空調打開。

解說

「打開」開關是用「켜다」,「틀다」則是表示「(轉動)使其運轉」的意思
(譯注:即英語的「turn on」)。這可能是由轉動開關的形象引申而來,包
括「라디오(收音機)」、「음악(音樂)」、「선풍기(風扇)」、「에어컨
(空調)」等,都可以使用「틀다」。而對於打開「카메라(相機)」、「모
니터(顯示器)」、「라이브(直播)」等,通常使用「켜다」。社群媒體上
的「하트」(點讚按鈕),則是用「누르다(按壓)」。例如,「하트 많이 눌
러 주세요.」(請多多點讚。)

kkeuda
끄다 動

關閉

pon-eul wae kkeo nwass-eo
[例] 폰을 왜 꺼 놨어 ?

為什麼要把手機關機？

▶ 「꺼 놓다」是「維持關閉的狀態」。

為什麼你的手機關機了？

解說

「關掉，切斷」通常用「끄다」。「關燈」可以說「불을 끄다」，「吹熄蠟燭的火」可以說「촛불을 끄다」。比如，「불 끄고 얼른 잡시다.」（關燈然後快去睡吧。）在即將結束直播配信時，也可以說「1분만 있다가 끌게요.」（再過1分鐘我就關掉囉＝結束囉）。「掛斷電話」通常用「전화를 끊다」。其他一些表示「切斷」的情況也可以整理一下：用剪刀等剪斷通常用「자르다」，用刀、刮刀等鋒利的刀具切斷用「베다」，而剪紙或剪布則用「오리다」。

mandeulda

만들다 [動]

製作

jeongseongseure mandeun nunsaram
[例] 정성스레　　만든　눈사람 .

精心製作的雪人。

解說

「잘 만들다」的過去式是「잘 만들었다」，意思是「做得很好」。例如，
「이 노래 좋다 . 되게 잘 만들었다 .」（這首歌很棒，做得非常出色。）在「쿡
방（cook放：料理節目）」等中，偶像們有時會親自烹飪或手工製作東西。
「手工製作」通常用「수제（手製）」。例如，「수제 초콜릿（手作巧克
力）」、「수제 스무디（手作果汁）」。如果要表示「親手製作」，則可以說
「직접 만들다（直接製作）」。例如，「본인이 직접 만들었대요 .」（據說是本
人親手製作的。）

부수다

busuda

弄壞

[例] 파괴왕이 또 부쉈네 .
pagoewang-i tto buswotne

破壞王又弄壞東西了。

延伸單字

엉망진창（亂七八糟）

又弄壞了！

解說

你可能已經知道「고장나다（故障 - ：壞掉）」或「파괴하다（破壞）」等漢字詞，但「弄壞」的固有語是「부수다」。例如，「부숴 버릴 거야 .」（我要把它弄壞。）或「라면을 부숴 먹다（把泡麵弄碎再吃）」等。「때려 부수다」是「敲壞」，「弄破，弄壞」可以說成「깨다」 或「깨뜨리다」，「打碎」則是用「깨부수다」。「망가지다（壞掉）」可以用來表示髮型等變得「一團糟」，也可用於形容認真的人「變得瘋狂」。例如，「망가지는 역할（壞掉的角色）」。

jabda

잡다 動

抓住

[例] jeo gam jab-ass-eoyo
저 감 잡았어요 .

我抓到訣竅了！

延伸單字

시선 강탈（視線強奪：吸睛）
취향 저격（趣向狙 ：我的菜）

我抓到訣竅了！

解說

表示「抓住」的「잡다」，可以用來表達抓住各種事物。「擄獲」粉絲是「사로잡다」，「抓住了心」是「마음을 사로잡다」。想像「抓住白雲」是「뜬구름 잡다」。「땡잡다」是「抓住幸運」的俗語。如果是抓住「트집」或「흠」（缺陷，缺點）時，則意味著「挑毛病」。當抓住「발목（腳踝）」表示「扯後腿」，抓住「생사람（無辜的人）」，則表示「（對方在沒有犯錯的情況下）被不合理地指責或遷怒」。

nochida

놓치다 動

放走

jeo bagja nochyeoss-eoyo
[例] **저 박자 놓쳤어요** .

我不小心掉拍了。

▶ 「박자」是「拍子」。

抱歉，我不小心
掉拍了！

解說

要形容「沒能抓住」可以用「놓치다」。「錯過時機」是「타이밍을 놓치다」，「和第一名擦身而過」是「1등을 놓치다」，「掉拍」則是「박자를 놓치다」。「趕不上」公車或電車也可用「놓치다」表示，例如「막차를 놓치다（沒趕上末班車）」。「看漏，沒看出來」也可以用「놓치다」，例如「뭔가 놓친 게 있는 것 같은…」（總覺得好像漏掉了什麼……）。「特意放過」則可以用「봐주다」表示，例如「한 번만 봐주세요 .」（這次就拜託通融一下。）

chaeuda

채우다 動

填滿，使～充滿

[例] 하트로 꽉꽉 채워줄게 .
hateuro kkwakkkwak chaewojulge

給你刷一波滿滿的愛心。

延伸單字

메우다（填充，塞住）

보태다（補充，補貼）

解說

「채우다」是「차다（充滿）」的他動詞或使役動詞形態。它的意思是「填滿～」或「使～充滿」。用酒「填滿杯子」可以說「잔을 채우다」，「填補缺點」可以說「부족함을 채우다」，「充滿愛」可以說「사랑으로 채우다」，「充滿喜悅」則可以說「기쁨으로 채우다」。如果想強調充滿的感覺，也可以使用「꽉 채우다（塞滿，填滿）」或「가득 채우다」。

biuda

비우다 動

空出，騰出

[例] da-eum ju seukejul-eun ssak da biwo nwass-eo
다음 주 스케줄은 싹 다 비워 놨어 .

我已經把下禮拜的行程都空出來了唷。

▶ 「싹 (다) 비우다」是「完全留空」。

延伸單字

빈틈（空下來的間隙＝空隙）

빈칸（空下來的欄位＝空格）

빈자리（空下來的座位＝空位）

解說

「비우다」是「비다（空著）」的他動詞或使役動詞形態。它的意思是「使～空」。例如，「집을 비우다（空出家裡＝不在家）」、「자리를 비우다（空出座位＝離席）」、「마음을 비우다（空出心靈＝淨空心靈，放下欲望）」、「잔을 비우다（讓杯子空掉＝喝光）」。「預先空出來」也可以用「비워 놓다」或「비워 두다」來表示。例如，「노약자석은 비워 두세요.」（請保留博愛座給需要的人）。

majung

마중 名

迎接

oppaga majung naga julkka
[例] 오빠가 마중 나가 줄까?

哥會來接我嗎？

延伸單字

픽 업（pick up：幼稚園或機場、飯店等的接送）

歐巴你會過來接我嗎？

12 - 34

解說

「마중」源自「맞이하다（迎接）」，可用於「마중하다（迎接）」或「마중나가다（前往迎接）」等表達。「我去接你」可以說「데리러 갈게」。敬語的「恭迎」則是「데리다（帶領）」的敬語形式，通常使用「모시다（引導，陪同）」這個詞。「前往恭迎」是「모시러 가다（前往引導您）」，而「恭迎您來」則是「모셔 오다（引導您過來）」。嘉賓登場時的通知則可以說「손님을 모시겠습니다（我們將會恭迎各位嘉賓）」。

baeung

배웅 名

送行

baeung naoji ma na honja gal su iss-eo
[例] 배웅 나오지 마 . 나 혼자 갈 수 있어 .

你就別送了，我可以自己回去。

掰掰！

解說

「배웅」源自「바래다（送行）」，可用於「배웅하러 가다（前去送行）」或「배웅해 드리다（為您送行）」等表達。對上位者說敬語時可使用「모시다」，例如「모셔가다」、「모시고 가다」（恭送您回去）。為已故的人「送行」也稱為「배웅」。使用原始動詞表達的說法也很常見，例如「바래다 줄게.」（我送你回去吧。）

흘리다 動
heullida

流，灑落，遺落

[例] **지갑 흘리셨어요.**
jigab heullisyeoss-eoyo

你的錢包掉了喔。

你的錢包掉了喔！

解說

「흘리다」既可解釋為「피와 땀과 눈물을 흘리다（流血、流汗、流淚）」的「流」，也可以理解為「灑落，遺落」的意思。「一邊吃，一邊把飯灑出來」可以說「밥을 흘리면서 먹다」。要告訴別人「你錢包掉了」的時候，你可能會先想到「떨어뜨리다（掉落）」，但更好的表達是用「흘리다」表示「不小心遺落」。「哥動不動就弄丟手機」，可以說「형이 스마트폰을 흘리고 다녀요.」

naerida
내리다 動

沖水

[例] hwajangsil sayong hu mul-eul kkok naeryeo juseyo
화장실 사용 후 물을 꼭 내려 주세요.

使用馬桶後請務必沖水。

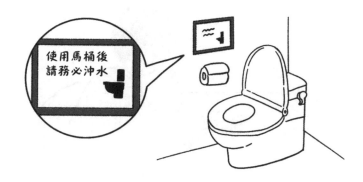

使用馬桶後
請務必沖水

解說

沖（馬桶）水的動詞不會用「흘리다」來表示，只要看廁所中設置的韓語說明就可以確認這點。「沖馬桶水」的韓語是「화장실 물을 내리다」。「내리다」一詞有時會用來表示（雨或雪）「降下，落下」。補充：韓語「領錢」的動詞是使用「찾다（提取）」。「찾다」是「取回預存的物品」的意思，例如「돈을 못 찾았다.」（沒辦法領錢。）

ij-eobeorida

잊어버리다

忘記

dan-eoleul oewodo geumbang ij-eobeoryeoyo
[例] 단어를 외워도 금방 잊어버려요.

就算背了單字也馬上就忘了。

延伸單字

잊으신 물건 분실물(忘記的
東西，遺失物)

解說

「잊어버리다」是用來表示「遺忘，記憶消失」。韓語中表示「啊，我忘記寫
作業了」時通常會說「숙제(를)잊어버렸어요」。不過也可以用「깜빡하다
(疏忽，忽略)」或「깜빡 잊다(不小心忘記)」，這兩個詞更常使用。「깜
빡」是表示光的閃爍，用來描述記憶的浮現或消失。例如：「숙제를 깜빡 잊고
있었어(我不小心忘記寫作業)」、「드라마 제목을 깜빡했어(我忽然忘記了
劇名)」。

dugo oda

두고 오다 動

忘記帶

[例] jigab-eul jib-e dugo wass-eoyo
지갑을 집에 두고 왔어요 .
我把錢包忘在家裡了。

解說

要說「啊，我忘了帶錢包」時，有些人會立刻說「지갑을 잊어버렸어요.」（我忘記了錢包。）但對於「留下～忘記帶走」的情境，更常用的表達是「두고 오다」或「놓고 오다」（落下，即「left behind」）。而「遺失，弄丟」錢包，原本應該說「잃어버렸어요（丟失了）」；但實際上，有許多韓國人會說成「잊어버렸어요（忘記了）」。所以如果你直接說「잊어버렸어요」，有可能會被誤解為「弄丟錢包」。如果要表達「忘在計程車上」，可以使用「택시에 두고 내렸어요」或「택시에서 잃어버렸어요」。

daenoko

대놓고 副

公然，明顯

daenoko silh-eun ti naeji ma
[例] 대놓고 싫은 티 내지 마.
不要當場露出嫌棄的表情。

▶「티를 내다」是「裝模作樣」。

延伸單字

거리낌 없이（無所顧忌，肆無
忌憚）

不要在那邊一臉嫌棄的樣子

解說

「대놓고」是指「露骨地，明顯地，當面」。例如「대놓고 하다」（大肆進行）宣傳（홍보（弘報））或自誇（자랑）、「대놓고 욕하다（公然口出惡言）」、「대놓고 막말하다（當面大聲辱罵）」。當「無法堂堂正正地做某事」時，也可以使用「대놓고」，例如「대놓고 드러내지 못하는 속내（無法公開表露的真心話）」。「함부로」意指「不慎重，輕率」。「그런 말 함부로 하면 안돼요.」（不可以隨便說出那樣的話。）

eungeunhi
은근히 副
暗自，不動聲色地

jeo eungeunhi aegyoga manh-ayo
[例] 저 은근히 애교가 많아요 .

我私底下很討人喜歡喔。

延伸單字

몰래（偷偷地）

解說

「은근히」意指「暗自，私底下，不動聲色地」。例如「은근히 돌려 말하다（迂迴地說）」、「형은 요리를 은근히 잘해요（哥私底下很擅長做菜）」。有時也會拿掉「히」，例如「지금 은근 자랑했죠 ?」（你現在很巧妙地自誇了吧？），或者「저 은근 섭섭했어요 .」（我在心裡暗自難過。）「괜히」意指「不知為何，無謂地」，例如「괜히 말했나 봐요 .」（我好像講了無所謂的話＝我好像不該講這些話。）

ssaeppajige **ilhada**

쌔빠지게 일하다
拼命工作

ssaeppajige ilman haneun wokeoholligdeul
[例] 쌔빠지게 일만 하는 워커홀릭들 .

只知道拼命工作的工作狂們。

在韓國，無論是偶像、電視劇中的醫生、律師，還是年輕的創業家，都是拼命工作。在這種情況下，常常會使用 「쌔빠지다」這個詞。「쌔빠지다（非常辛苦）」是南部地區的「사투리（方言）」，用來強調程度。它通常以 「쌔빠지게（拼命地）」的形式使用。例如，「쌔빠지게 고생하다（拼命吃苦）」或「쌔빠지게 공부 하다（拼命學習）」。

푹 쉬다

puk **swida**

好好休息

[例] 주말에는 맛있는 거 먹고 푹 쉬세요.

jumal-eneun mas-itneun geo meoggo puk swiseyo

週末吃點美食，好好休息一下吧。

延伸單字

연차（年次：年假）

명절（名節：新曆新年、農曆
新年的連休、中秋節連假）

好，知道了…

這些處理完之
後周末就好好
休息吧！

解說

辛苦工作過後，就需要休息。副詞「푹」意味著「深深地，充分地」，可以
用來形容「푹 자다（熟睡）」或「푹 빠지다（沉浸其中）」等情境。在咖啡
時間等時刻「稍事休息」，可以使用「한숨 돌리다」或「잠깐 쉬다」。「한숨
（을）쉬다」也可以解釋為「嘆息」的意思。最近，人們喜歡在飯店中度過假
期，而不一定要出遠門，這種稱為「호캉스」（hocance：hotel + vacance）
的方式蔚為流行。

235

don-eul **akkida**

돈을 아끼다

省錢

[例] don jom akkyeo sseuseyo
돈 좀 아껴 쓰세요.

再多省點錢吧。

延伸單字

구두쇠（小氣鬼）

짠순이（暱稱小氣的女性）

짠돌이（暱稱小氣的男性）

妳買太多了吧！

解說

「省錢」可以使用「절약하다（節約-）」，也可以說「돈을 아끼다」。「아끼다」表示「珍惜，不隨意處置」的意思，例如「아껴 쓰는 그릇（珍惜使用的餐具）」。「아껴 두다」意味著「珍惜地留著」。「내가 아껴둔 아이 스크림 누가 먹었어？」（我特別留下來的冰淇淋，是誰吃掉了？）。「存錢」則是「돈을 모으다」。

탕진하다 ^{tangjinhada} 動

【蕩盡-】揮霍

[例] 스마트 워치 샀다. 돈 탕진했네.
^{seumateu wochi satda   don tangjinhaetne}

我買了智慧型手錶，把錢揮霍完了。

延伸單字

탕진잼（小奢侈）

解說

「揮霍」是「탕진하다」或「돈을 많이 쓰다（花大量的錢）」。「身無分文」則是「빈털터리」，例如「하루 아침에 빈털터리가 되다（一夜之間變成窮光蛋）」。「浪費錢」是「돈 낭비（金錢的浪費）」、「花錢大手大腳」是「돈을 막 쓰다」，「不惜金錢，花錢沒有節制」則是「아낌없이 돈을 쓰다」。「請客」的俗語是「쏘다」，例如「형이 쏜다！」（哥請客！）

tada

타다 動

搭乘，滑

bodeu-leul tada
[例] 보드를 타다 .

溜滑板。

ttwida

뛰다 動

跑，跳

chuggu-leul ttwi da
[例] 축구를 뛰 다 .

踢足球。

解說

「搭乘」自然包括「자동차（汽車）」和「자전거（自行車）」，還有「스키（滑雪）」、「스케이트보드（滑板）」、「서핑（衝浪）」等運動也都可以用「타다」。在體育運動中，韓語經常使用「뛰다」來表示「跑」，例如「러닝을 뛰다（跑步）」。在「축구（足球）」等運動中有出色表現，可以說「잘 뛰다（跑得好）」。另外一個表示「跑」的詞「달리다」主要用於

deonjida

던지다 動

投

yagugong-eul deonjida
[例] 야구공을 던지다 .
　投棒球。

chida

치다 動

打

teniseu-leul chida
[例] 테니스를 치다 .
　打網球。

交通工具，但也用於「달리기（短跑）」。0年代，職業「棒球（야구）」聯盟成立，現在是最受歡迎的職業賽事。使用「야구 방망이（球棒）」、「라켓（球拍）」、「골프채（高爾夫球桿）」或「탁구채（桌球拍）」等工具擊打球就是「치다」。「踢」也是「치다」。足球的「PK戰」就是「승부차기（勝負踢球）」，其他還有格鬥技中的「앞차기（前踢）」及「내려차기（下踢）」。不過在韓語中講到「운동（運動）」時，多指在健身房進行重訓。

nun-insa

눈인사 名
注目禮

[例] 눈이 딱 마주쳐서 눈인사하다.
nun-i ttak majuchyeoseo nun-insahada

視線對上了所以行個注目禮。

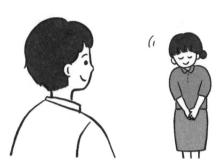

sonjabda

손잡다 動
牽手

[例] 손잡고 어디 갔다 오다.
sonjabgo eodi gatda oda

手牽手去某個地方。

解說

與世界其他國家相比，韓國的人際距離感相對較近。儘管隨著年齡的增長，人際距離會變遠，但在韓國，即使到了20多歲，朋友之間仍然經常可以看到「손잡다（手牽手）」、「팔짱 끼다（手勾手）」，也仍常看到男性之間出現「어깨동무（搭肩）」的場面。在韓劇、電影或音樂會現場，也經常出現「업어주

팔짱 끼다 動
paljjang   kkida

勾手

[例] 형이랑   팔짱 끼고 출근하다 .
hyeong-ilang paljjang kkigo chulgeunhada

跟哥手勾手去上班。

어깨동무 名
eokkaedongmu

搭肩

[例] 어깨동무를   하다 .
eokkaedongmu-leul hada

勾肩搭背。

기（背人）」的情景。「擁抱」可以用「안다」、「얼싸안다」或「부둥켜 안다」表達。例如，「형이 안아줄게」意思是「哥給你個擁抱」。「抱起來」可以用「번쩍 들다」或「들어 올리다」表達。例如，「형을 번쩍 들어 버린 막내」意思是「突然把哥哥一把抱起的忙內」。在思考時雙臂交叉的動作也可以稱為「팔짱 끼다」。

eopdeuryeoppeotchyeo

엎드려뻗쳐 感

伏臥（趴拱橋）

[例] badag-e eopdeuryeoppeotchyeo
바닥에　엎드려뻗쳐 ．

趴到地上。

yeoljungswieo

열중쉬어 感

【列中-】稍息

[例] chalyeot yeoljungswieo
차렷 ，열중쉬어 ．

立正，稍息。

延伸單字

좌향좌（向左轉）
우향우（向右轉）

解說

「엎드려뻗쳐」是用來下令對方做出以雙手支撐地面的「伏臥（趴拱橋）姿勢」。這個姿勢在軍隊、學校和家庭中也被用作體罰。「伏地挺身」則稱為「푸시업（push-up）」或「팔굽혀펴기」。當需要用頭部支撐地面時，則會做出「머리 박아」的指示。「박다」意味著「壓住（臉或頭），碰撞」。「열중쉬어（列中 - ）」意思是「稍息」。過去教室裡會用「차렷 , 경례（立正，敬

mulgunamuseogi

물구나무서기 名

倒立

mulgunamuseogi-leul jalhaeyo
[例] 물구나무서기를 잘해요 .
我很擅長倒立。

kkachibal

까치발 動

踮腳尖

kkachibalro seo iss-eoyo
[例] 까치발로 서 있어요 .
踮起腳尖站著。

禮) 」作為正式的問候，但因為太具軍事性質，目前也已儘量避免。「倒立」
稱為「물구나무서기」，語源似乎不明。「上下翻轉」則可以表達為「뒤집
다」、「뒤엎다」或「뒤집어엎다」等。「踮腳」稱為「까치발」。「까치」
指的是「喜鵲」。喜鵲經常出現在故事中，是韓國僅次於老虎（호랑이）的代
表性生物。支撐牆上架子等的支腳也被稱為「까치발」。

各種表達「舞蹈動作」的詞彙

由於 K-POP 的流行，使得舞蹈動作也大受矚目。在學習代表身體動作的詞彙時，你不妨一邊實際活動身體，一邊記憶。

伸展 뻗다、펴다

「뻗다」是伸長的意思，「펴다」則是把原本皺縮的東西伸直的印象。例如「팔을 쭉 뻗다（伸出雙臂）」、「다리를 앞으로 뻗다（把腿向前延伸）」，以及「허리를 펴다 기지개를 펴다（挺直背部・伸展身體）」。

拉 빼다、당기다

「뒤로 빼다（向後拉）」，「몸쪽으로 당기다（拉向身體＝靠近）」。

彎曲 굽히다、구부리다、꺾다

「허리를 굽히다（彎腰）」、「무릎을 구부리다（彎曲膝蓋）」、「목을 꺾다（彎曲脖子，彎折脖子）」。彎曲成直角、直角轉彎則是「오른쪽으로 꺾다（〈在路上等〉向右轉彎）」、「ㄴ자로 만들다（做出ㄴ字＝彎成直角）」。其他還有「폈다 굽혔다（彎曲拉伸）」、「팔굽혀펴기（伏地挺身）」。

張開 찢다、벌리다

「劈腿」稱為「다리를 찢다（撕開雙腿）」，不過如果只是將雙腿打開至「어깨 넓이」（與肩同寬）的程度，就稱為「다리를 벌리다（張開雙腿）」。身高較高的人「다리를 쫙 벌리고（站開雙腿）」，減少跟對方身高差的動作稱為「매너 다리（禮貌腳）」。

合攏 모으다

「併攏雙腿」稱為「다리를 모으다（收集雙腿）」。其他如「두 팔을 벌렸다 모으다（張開再合攏雙臂）」，「손을 모으다（雙手合十）」。

其他

「머리를 쓸어 넘기다（撥弄頭髮）」、「가슴을 탁 치다（敲打胸口）」都是 BTS《Dynamite》的舞蹈動作。用到「엇 -（錯位進行）」的動作，則有「엇갈리게 발목을 잡다（雙手交叉並抓住腳踝）」。用來抓節奏的「反拍」是「엇박（자）」，「正拍」是「정박（자）」。

Part
6

4個一組比較一下
表達狀態
的單字吧

- 表達狀態的單字
- 表達顏色或味道的單字

keuda

크다 形

大

keun kkotdabal
[例] 큰 꽃다발.
　　一大束花。

keodarata

커다랗다 形

很大

keodaran kkotdabal
[例] 커다란 꽃다발.
　　很大一束花。

解說

韓語形容「身高」並不用「높다（高） 낮다（矮）」，而是用「크다（大）
작다（小）」來表示，如「키 큰 남자（個子高的男性）」。「크다」還有「成
長、長高」的意思，「키가 크다」是「長高」，「다 크다」則是「變成大
人」。「‐다랗다」是用來強調形容詞的程度。童話故事《拔蘿蔔》的「大蘿

jakda
작다 形

小

jageun kkotdabal
[例] 작은 꽃다발.
　　 一小束花。

jogeumata
조그맣다 形

很小

jogeuman kkotdabal
[例] 조그만 꽃다발.
　　 小小一束花。

蕪」就翻譯成「커다란 순무」，而非「큰 순무」。你也可以嘗試使用「조그맣다」（「조그마하다」的縮寫）來取代「작다」。這個詞可以應用於「글씨가너무 조그매요」（字太小了）等敘述。在口語中，以濃音來發音會比較容易，例如「쪼그만 글씨」（小字）。「자그마치」則是「至少」的意思。例如：「자그마치 5시간이나 걸린 티켓팅.」（至少花了5個小時才買到票。）

manta

많다 形

多

[例] wolgeub-i manta
월급이 많다 .

薪水很多。

eomaeomahada

어마어마하다 形

（多得）驚人

[例] wolgeub-i eoma-eomahada
월급이 어마어마하다 .

薪水多得驚人。

延伸單字

어마무시하다（어마어마하다的
方言）

○○社長

解說

這裡列出「多」和「少」的各種變化。「어마어마하다」意為「極其，非常，
驚人」，因此也可用來表示「量很多」。你也可以使用「가득하다」（充滿）
來形容，例如「즐거운 일이 가득했으면 좋겠다 .」（我希望生活可以充滿樂
事。）當然，也可以改用「잔뜩（充足地）」或「꽉（滿滿地）」等副詞來表
達。例如：「맛있는 거 잔뜩 사 왔어요.」（我買了一大堆好吃的東西。）「용

적다 _形

jeokda

少

[例] 월급이 적다 .
wolgeub-i jeokda
薪水很少。

쥐꼬리만하다 _形

jwikkorimanhada

極少

[例] 월급이 쥐꼬리만 하다 .
wolgeub-i jwikkoriman hada
薪水少得可憐。

량이 꽉 찼어요.」（容量已經滿了。）另外，「쥐꼬리만하다」直譯為「跟老鼠尾巴一樣大小」，常在談論薪水時出現。例如：「이런 쥐꼬리만 한 월급으로어떻게 살아.」（怎麼可能靠這麼微薄的薪水生活。）另外，表達「一點點」的「조금」有時會以「쪼끔」或「쬐끔」的發音或拼寫方式來強調少量。例如：「쪼끔밖에 안 남았어요.」（只剩下一點點了。）

gilda

길다 形

長

gin baji
[例] 긴 바지 .

長褲。

gidarata

기다랗다 形

很長

gidaran baji
[例] 기다란 바지 .

很長的褲子。

解說

這裡列出了關於「長」和「短」的變化。比起「긴 줄（長的隊伍）」，用「기
다란 줄（長長的隊伍）」形容起來更有感。其他諸如「기다란 목（長長的脖
子）」、「기다란 국수（長長的麵條）」、「기다란 복도（長長的走廊）」。
「길쭉하다」指的是「相對長」，例如「길쭉한 얼굴（長臉）」。在談到身高
時，除了使用「키」外，也可以使用「기럭지」，這是「길이（長度）」的方

jjalbda
짧다 形

短

[例] jjalb-eun baji
짧은 바지.
短褲。

jjalmakhada
짤막하다 形

很短

[例] jjalmakhan baji
짤막한 바지.
很短的褲子。

言。「짤막하다」也經常用來替代「짧다」，例如：「짤막하게 소개 좀 해 주세요.」（請簡單介紹一下。）「짤막 요약」意為「簡短摘要」。相反地，「긴말」則表示「冗長，囉嗦」。例如：「긴 말 필요없고 ...」（不需要長篇大論……）。然而，「말이 짧다（話很短）」並非「說明簡要」，而是指「沒用敬語」的意思，還請留意。「思慮不周，思考短淺」則是「생각이 짧다（思考很短）」。

neolbda

넓다 形

寬

[例] ^{neolb-eun bang} 넓은 방.
大房間。

延伸單字

넓이（面積）

너비（寬度）

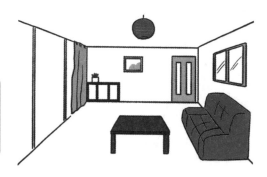

neoljjikhada

널찍하다 形

寬敞

[例] ^{neoljjikhan bang} 널찍한 방.
寬敞的房間。

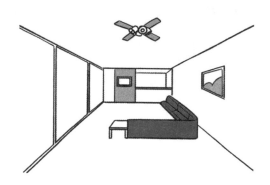

解說

「넓다」和「좁다」是用來描述「땅（土地）」、「공간（空間）」、「아파트（公寓）」、「거실（客廳）」、「마당（庭院）」、手機或顯示器「화면（螢幕）」的面積，或是「복도（走廊）」、「길（路）」、「칸（間隔）」的寬度。例如：「칸 넓은 노트（行距寬的筆記本）」、「자리가 너무 좁다, 좀만 땡겨 줘.」（座位太窄了，請稍微挪出空間。）「널찍하다」和「널따랗다」是「넓다」的衍生詞，形容「寬敞」，例如：「연습실이 굉장히 널찍하네요.」

jobda

좁다 形

窄

[例] 좁은 방 .
job-eun bang

小房間。

bijobda

비좁다 形

狹窄

[例] 비좁은 방 .
bijob-eun bang

狹窄的房間。

延伸單字

좁다랗다（非常狹窄）

（練習室非常寬敞）。「너그럽다」則用來描述「心胸寬大」，例如：「너
그럽게 이해해 주세요.」（敬請見諒。）「너르다（寬）」的副詞形式是「널
리」，例如：「널리 알려 주세요.」（請廣為宣傳。）「드넓다」用於描述平
原和海洋等，例如「드넓은 벌판（廣大的平原）」、「드넓은 바다（廣闊的海
洋）」。「비좁다」則表示「狹窄」或「狹隘」。例如：「남자 일곱 명에게는
숙소가 너무 비좁아.」（宿舍要塞進七個男生太擁擠了。）「비좁은 공간에 사람
들이 빽빽하게 들어간다.」（人們一個挨一個地擠進狹小的空間裡。）

ppareuda

빠르다 形

快

ppareun gonggyeok
[例] 빠른 공격 .
快速攻擊。

jaeppareuda

재빠르다 形

很快

jaeppareun gonggyeok
[例] 재빠른 공격 .
超快速攻擊。

解說

「快」和「慢」是基本單字，但如果想表達「像兔子一樣敏捷」或「像樹懶一樣慢；網速極慢」的時候，則可以使用「재빠르다」和「느려터지다」。你可能只學過「빠르다」，不過「재다」和「싸다」也有「快速」的意思。「재다」加上「빠르다」就是「재빠르다」，例如「재빠른 토끼（敏捷的兔子）」。「싸게 싸게 움직여」就是「快點工作」。「잽싸다」也有「迅速」的

리다 形

neurida

慢

[例] 느린 공격 .
　　緩慢攻擊。
<small>neurin gonggyeok</small>

느려터지다 形

neuryeoteojida

很慢

[例] 느려터진 공격 .
　　超緩慢攻擊。
<small>neuryeoteojin gonggyeok</small>

意思。「터지다」原意是「裂開，破裂，爆炸」，但它也可以作為強調詞使用，例如用「느려터지다」表示「極其緩慢」，例如「느려터진 나무늘보（慢吞吞的樹懶）」、「인터넷이느려터져（網速超慢）」。也經常用於「미어터지다（極度擁擠）」、「얻어터지다（被暴打一頓）」等。「느려도 너무 느린〜（再怎麼慢也太慢了）」則用來進一步強調。例如：「배송이 느려도 너무 느린거 아냐？」（不管運送再怎麼慢，也太慢了吧？）

255

dukkeobda

두껍다 形

厚

[例] **dukkeoun jigab**
두꺼운 지갑 .
厚厚的錢包。

dutumhada

두툼하다 形

很厚

[例] **dutumhan jigab**
두툼한 지갑 .
鼓鼓的錢包。

解說

「厚」是「두껍다」，但用「두껍다」來描述「豐厚的嘴唇」或「有厚度的肉」可能顯得不太自然。不妨用「두툼한」來表達更佳，例如「두툼한 입술（厚唇）」和「두툼한 삼겹살（厚切豬五花）」。另外，「粗」也可以用「두껍다」表示，例如：「다리가 두꺼워요.」（腿很粗。）形容手臂、樹枝等「很粗壯」，則可以用「굵직하다」，例如「굵직한 팔다리（粗壯的手臂和

yalbda

얇다 形

薄

[例] **yalbeun jigab**
얇은 지갑 .
薄薄的錢包。

yalpakhada

얄팍하다 形

很薄

[例] **yalpakhan jigab**
얄팍한 지갑 .
瘦瘦的錢包。

腿）」。「薄」是「얇다」，可用於描述「얇은 고기（薄切的肉）」和「얇은 티셔츠（薄T恤）」。同樣地，「얇다」也可用來表示「細」，例如「얇은 다리（細腿）」和「얇은 손목（細手腕）」。形容「很薄」可用「얄팍하다」，例如「얄팍한 지식（淺薄的知識）」、「얄팍한 수（淺薄的手段）」和「얄박한 생각（淺薄的想法）」。另外，「淺」則是「얕다」。

뜨겁다 形

滾燙

[例] tteugeoun mul
뜨거운 물.
滾燙的水。

tteukkeuntteukkeunhada

뜨끈뜨끈하다 形

暖呼呼

[例] tteukkeuntteukkeunhan mul
뜨끈뜨끈한 물.
暖呼呼的水。

解說

不僅有「熱」、「冷」，讓我們一併看看介於兩者之間的表達方式。想表達「溫暖但不過熱」時，可以使用「따뜻하다（暖和）」或是「뜨끈뜨끈」，例如「뜨끈뜨끈한 온돌방（暖呼呼的暖炕房）」。也可以用於形容日式暖桌。拼法類似的「따끈따끈」則是表示「熱騰騰」，例如「따끈따끈한 호떡（熱騰騰的糖餅）」。「冰涼」是「차갑다」或「차다」，但如果要形容「微溫」，

chagabda

차갑다 形

冰涼

chagaun mul
[例] 차가운 물.
　　冰涼的水。

mijigeunhada

미지근하다 形

溫熱，不冷不熱

mijigeunhan mul
[例] 미지근한 물.
　　溫熱的水。

則可以使用「미지근하다」，例如「미지근한 샤워（微溫的淋浴）」。順道一提，「冰水」是「찬물」，「熱水」則可以說「따뜻한 물（溫水）」、「뜨거운 물（熱水）」或「끓는 물（沸水，即沸騰的水）」。如果是「정수기（淨水器）」或「수도꼭지（水龍頭）」的水，則會說「냉수（冷水）」和「온수（溫水）」。

ttatteuthada

따뜻하다 形

溫暖

ttatteuthan nalssi
[例] 따뜻한 날씨.
溫暖的天氣。

今年的冬天很溫暖呢！

1月10日
8℃

pogeunhada

포근하다 形

暖和

pogeunhan nalssi
[例] 포근한 날씨.
暖和的天氣。

解說

「熱」是「덥다」，「溫暖」是「따뜻하다」；如果要表達「溫暖且舒適」時，也經常使用「포근하다」。例如：「오늘은 날이 포근해 기분 좋아.」（今天的天氣溫暖舒適，心情愉快。）由於「포근하다」也可以表示柔軟和溫暖的感覺，因此不僅能用於天氣，還可以用於描述「포근한 이불（蓬鬆的被子）」、「포근한 니트（柔軟的針織衫）」和「포근한 수면양말（毛茸茸的襪子）」

시원하다 形

siwonhada

涼爽

siwonhan nalssi
[例] **시원한 날씨** .

　　涼爽的天氣。

今天真是涼爽
宜人的一天

쌀쌀하다 形

ssalssalhada

有涼意，有寒意

ssalssalhan nalssi
[例] **쌀쌀한 날씨** .

　　有涼意的天氣。

太陽下山之後
就變冷了

等。「寒冷」是「춥다」，講到「涼爽」，則很多人可能會想到「시원하다」。當要表達「涼爽且舒適」時，可以使用「시원하다」；但如果要說「有涼意」，則可以使用「쌀쌀하다」。例如：「살짝 쌀쌀한 가을 날씨. 포근한 담요가 필요한 듯.」（稍有涼意的秋天，好像需要一條溫暖的毯子。）看恐怖電影時「背脊發涼」可以說「오싹하다」；遭遇危險時「嚇到發冷」則是「아찔하다」。

ppalgatda
빨갛다 形
紅色的

ppalgan nun
[例] **빨간 눈.**
紅眼睛。

> 延伸單字
> 빨강（紅色）

balgeurehada
발그레하다 形
微紅的

balgeurehan bol
[例] **발그레한 볼.**
紅撲撲的臉頰。

解說

「빨갛다」用於描述「사과（蘋果）」或「장미꽃（玫瑰花）」等東西的「紅」。例如：「딸기는 빨개요.」（草莓是紅色的。）「얼굴이 빨개졌어요.」（臉紅了。）「발그레하다」表示「輕微泛紅」，可用於描述「발그레한 볼（微紅的臉頰）」和「발그레한 입술（微紅的嘴唇）」等。「하얗다」用於描述「白色」的事物，例如「하얀 눈（白雪）」、「하얀 이（白牙齒）」、「하얀 피부（白皮膚）」、「하얀 종이（白紙）」、「하얀 머리（白髮）」、「하

hayata

하얗다 形

白色的

[例] **hayan gureum**
하얀 구름 .
白雲。

> 延伸單字
>
> 하얀 색(白色)

ppuyeota

뿌옇다 形

灰白，霧茫茫

[例] **ppuyeon misemeonji**
뿌연 미세먼지 .
霧茫茫的PM2.5。

얀 티（白色T恤）」。以上也都可以替換為「희다」。為了和「香蕉牛奶（바나나 우유）」或「咖啡牛奶（커피 우유）」區分，有時人們會稱「普通的牛奶」為「흰 우유（白色牛奶）」。「뿌옇다」表示「白茫茫，霧茫茫」，例如「뿌연 입김（白色的呼氣）」、「뿌연 안개（白色的霧）」、「뿌연 렌즈（模糊的鏡頭）」、「뿌연 시야（朦朧的視野）」。「純屬謊言」在韓語中稱作「새빨간 거짓말（鮮紅的謊言）」，但「善意的謊言」則稱為「하얀 거짓말（白色的謊言）」。

파랗다 <small>parata</small> 形

藍色的

[例] **파란 하늘** <small>paran haneul</small> .
藍天。

> 延伸單字
>
> 파랑（藍色）

푸르다 <small>pureuda</small> 形

青色的

[例] **푸른 숲** <small>pureun sup</small> .
綠色的森林。

> 延伸單字
>
> 푸르르다（綠油油，푸르다的
> 強調語）

解說

「파랗다」用於描述從藍色到綠色的範圍，例如「파란 하늘（藍天）」、「파란 물감（藍色的顏料）」和「파란 신호（藍燈號）」。同時，「파랗다」也可以用來表示「不成熟」，例如「새파란 젊은이（青年新手）」。「푸르다」也表示從藍色到綠色的範圍，但相對於「파랗다」更偏向綠色。例如「푸른 사과（青蘋果）、」「푸른 5월（新綠的五月）」和「푸른 산（翠綠的山脈）」。太空人尤里・加加林的名言「The earth was bluish.（地球是藍的）」則是

norata

랗다 形
黃色的

[例] noran libon
노란 리본 .
黃色緞帶。

> 延伸單字
> 노랑（黃色）

nureota

ᅟᅳ렇다 形
呈黃色的，泛黃的

[例] nureon syeocheu
누런 셔츠 .
泛黃的襯衫。

「지구는 푸른 빛이었다」。「노란 우산（黃傘）」、「노란 병아리（黃色小雞）」等的「黃色」則是「노랗다」。代表韓國春天的黃色花朵是「개나리꽃（金雀花）」。「노란 리본（黃色緞帶）」運動象徵了祈禱戰場倖存者歸來，也在世越號沉沒事故後傳開。「呈現黃色的，泛黃的」則是「누렇다」，例如「누런 벼（黃澄澄的稻穗）」、「흰 옷이 누레지다（白色衣物泛黃）」。「蛋白」是「흰자」，「蛋黃」則是「노르다（黃黃的）」。「하늘이 노랗다（天空是黃色的）」和「하늘이 캄캄하다（天空是漆黑的）」則表示「絕望」。

dalda
달다 形

甜

[例] ^{dalda dal-a} 달다 달아 .

啊～好甜。

daldalhada
달달하다 形

甜蜜，甜美

[例] ^{daldalhan hyang-gi} 달달한 향기 .

甜美的香氣。

解說

讓我們擴展一下關於味道的詞彙表達。「甜」是「달다」，而原本是方言的「달달하다（甜美）」目前也廣泛用於日常用語。在韓劇《愛的迫降》中，女主角尹世理（孫藝真飾）渴望「달달한 것（甜食）」，咀嚼著巧克力。「달달하다」不僅適用於食物，還可用於描述香味或言語，例如「달달한 목소리（甜美的聲音）」、「달달한 속삭임（甜蜜的耳語）」、「달달한 노래」（甜美的

sseuda

쓰다 形

苦

[例] keopiga neomu sseoyo
커피가 너무 써요 .
咖啡太苦了。

sseubsseulhada

씁쓸하다 形

微苦

[例] dwismas-i sseubsseulhaneyo
뒷맛이 씁쓸하네요 .
後味帶點微苦。

歌曲）。以上也都可以替換為「달콤하다」。「苦」的則是「쓰다」。例如：「크윽 쓰다.」（唉～苦呀）是在一口烈酒下肚後不禁吐出的一句話。「苦」也可以表示「辛苦」，所以「苦澀的人生」在韓語中可以說成「씁쓸한 인생」。其他例子包括「씁쓸한 표정（苦著臉）」和「씁쓸한 웃음（苦笑）」。指「苦澀的回憶」的新造語在韓語中也稱為「흑역사（黑歷史）」。「감（柿子）」和「우엉（牛蒡）」等食材的「澀味，苦澀味」則是「떫은맛」。

maebda

맵다 形

辣

[例] **maeun eumsikdo jal deuseyo**
매운 음식도 잘 드세요?
你有辦法吃辣嗎?

maekomdalkomhada

매콤달콤하다 形

甜中帶辣

[例] **maekomdalkomhan tteogbokk-i**
매콤달콤한 떡볶이.
甜中帶辣的辣炒年糕。

解說

由於韓國有許多「매운맛(辛辣)」的料理,因此「辣」的表達方式非常豐富。「찜닭(燉雞)」和「닭발(辣雞腳)」等紅色的料理,被描述為「매콤한 맛(美味的辣)」;芥末和辣椒等調味料則被描述為「톡 쏘는 맛(刺激的辣)」。描述紅通通的燉菜或鍋品則會使用「얼큰한 맛(辣呼呼的辣)」。例如:「얼큰한 국물 먹고 싶 네요.」(好想喝辣辣的湯。)喝著辣湯時說「아~시원하다」,則表示「辣得很痛快」。年輕一代喜歡的「떡볶이(辣炒年

sida
시다 形

酸

[例] gimchiga syeoyo
김치가 셔요.

這泡菜好酸。

saekomdalkomhada
새콤달콤하다 形

酸酸甜甜

[例] saekomdalkomhan lemon-eideu
새콤달콤한 레몬에이드.

酸酸甜甜的檸檬汽水。

糕）」和「양념치킨（洋釀炸雞）」等「甜中帶辣」的食物，則是「매콤달콤한 맛」。如果想「가시게 하다（中和）」辣味，推薦搭配牛奶。像檸檬一樣的「酸味」稱為「신맛」，「酸酸甜甜」的味道則是「새콤달콤하다」。常用於形容水果，如「감귤（橘子）」、「자두（李子）」和「키위（奇異果）」等。「酸酸甜甜的初戀回憶」是「새콤달콤한 첫사랑의 추억」。「새콤달콤」同時也是某種軟糖的品牌名稱。

jjada

짜다 形

鹹

[例] **짠 음식** .
jjan eumsik

味道偏鹹的食物，重口味的食物。

jjabjjalhada

짭짤하다 形

鹹度適中

[例] **짭짤한 국물** .
jjabjjalhan gukmul

鹹度適中的湯。

解說

韓國料理以看起來紅通通的外觀聞名，導致大家普遍認為韓國人喜歡重口味，但實際上很多人不喜歡過鹹（짠맛）的味道。「이건 짠 정도가 아니라…」（這不是普通的鹹……）。「適中的鹹味」是「짭짤한 맛」，如「햄（火腿）」、「김（海苔）」、「팝콘（爆米花）」等。「달콤한 과자와 짭짤한 과자」就是「甜的零食和鹹的零食」。「鹹甜味」則是「달콤짭짤한 맛」。味道的「鹹度」也被稱為「소금기」。相反地，表達「味道淡」的詞彙則是「싱겁다」。

sing-geobda

싱겁다 形

淡

[例] 싱거운 음식.
sing-geoun eumsik
味道偏淡的食物。

mitmithada

밋밋하다 形

清淡

[例] 밋밋한 국물.
mitmithan guk
清淡如水的湯。

請給我鹽巴

例如：「싱거우면 간장에 찍어 먹어요.」（如果味道太淡，就蘸一些醬油吃。）
另一方面，表達「單調」的「밋밋하다」和表達「無聊」的「심심하다」也可
以用來形容「味道淡，乏味」。「味道，鹹度」稱為「간」，例如「간이 짜
다（味道很鹹）」和「간이 싱겁다（味道很淡）」。還有其他詞彙如「간이 맞
다（味道剛好）」、「간을 보다（試味道）」，以及「간을 맞추다（調整味
道）」，不妨一併記住。

271

看完整本書辛苦了！
最後介紹兩個對學習來說很重要的單字。
希望大家「孜孜不倦」的同時，能「不急不徐」地持續學習下去。

kkujunhi

꾸준히 副

孜孜不倦，持之以恆

kkujunhi gongbuhaja
[例] 꾸준히 공부하자 .

持之以恆地用功念書吧。

解說

在看重學歷的韓國社會，人們從小就開始坐在書桌前。從小學就開始競爭考試分數，被要求「꾸준히（持之以恆）」地學習。從「열심히 공부하다（努力學習）」的縮寫「열공」，也能感受到這種社會氛圍。甚至還出現了進一步強調努力程度的新造語，縮寫自「빡세게 공부하다（拼命學習）」的「빡공」。

swieomswieom

쉬엄쉬엄 副

不急不徐

swieomswieom haedo gwaenchanh-a

[例] 쉬엄쉬엄 해도 괜찮아 .

不時休息一下也沒關係。

延伸單字

쉬엄쉬엄 여행（行程沒有嚴格
安排的旅行）

解說

「쉬엄쉬엄」的意思是「慢慢來」，相當於「Take your time.」。「適度
地，適可而止」則可以用「작작」或「적당히」來表達。「작작 좀 하자（別太
超過了）」或「적당히 하자（做事要適可而止）」則是在情況過於極端時用以
自我譴責。在沒有特定期限的情況下學習韓語時，重點在於要找到自己的節
奏，不要「太過拼命」，才能持之以恆。別讓自己喘不過氣，「쉬엄쉬엄」
吧。

本書出現過的詞彙一覽〔索引〕

這裡按照字母順序，列出曾在詞條及延伸單字中出現過的詞彙（請參閱例句的解說與專欄內容）。／左側是略稱，右側是原句；（）內的數字則標示了韓文檢定的級數。

ㄱ

가득하다	248
가르마	39
가르치다 (5)	210
가사 (3)	90
가슴팍	52
가시게 하다	269
가식	183
가식적	183
가오	90
가운뎃손가락	50
간 (J2)	271
간장 (3)	118
간장게장	118
간절히 (3)	182
갈비탕 (4)	119
감 (3)	267
감귤	269
감다 (4)	114、115
감사드립니다	204
감사하다 (5) 감사합니다	204、205
갑분싸 / 갑자기 분위기가 싸하다	191
갑질	215
값이 싸다 (5)	111
개나리꽃	265
개다	107
개쓰레기	165
개의치 않다	177
개의하다	177
거리낌 없이	232
거실 (J2)	252

거짓 (J2)	183
거칠다 (J2)	174
건강하다 (4)	198
건더기	119
걷다	107
걸쭉하다	117
검소하다	111
검지	50
경례	242
계/계정	72
계집	27
고구마 (3)	187
고구마 전개	187
고급 아파트	126
고데기	115
고리타분하다	172
고맙다 (5) 고맙습니다	204、205
고모 (3)	23
고수	34
고장나다 (3)	221
고지식하다	172
고집불통	172
고추장 (4)	118
고향 친구 (4)	18
골목 (3)	131
골목길 (3)	131
골칫덩어리	54
골프채	239
곰 같다	159
곰 (J2)	159
곰돌이	159
곱다 (3)	61

공간 (3)	252
공계	72
공부 못하다 (5)	161
공식 카페	73
공주병	30
공지	78
공지 사항	77
공항 패션	109
관상	146
관심 (4)	200
관심거리 (J2)	200
관심 많다 (4)	200
관심사	200
관심 없다 (3)	201
관심 있다 (3)	200
광대승천	46
괜히 (J2)	233
교통 체증 (J2)	130
구 (J2)	35
구독	76
구독자 수	76
구두쇠 (J2)	236
구라	183
구레나룻	39
구리다	57
구면	35
구미호	158
구식이다 (J2)	172
국 (5)	119
국룰	119
국물 (3)	119
국민 쓰레기	165
국회의사당	132

군백기 144
군필 145
군필 아이돌 145
굵직하다 256
굿 148
귀 (5) 45
귀신 37
귀엽다 (3) 60、61
귀호강 110
귓불 45
근사하다 (J2) 56
금발 39
금시초문 45
금을 긋다 (J2) 135
급하다 (3) 156
긍지 184
기가 죽다 (J2) 214
기다랗다 250
기럭지 250
기레기 / 기자+쓰레기 165
기름기 (J2) 122
기름지다 (3) 122
기립박수 100
기미 44
기본값 74
기분 나쁘다 (3) 191
기분 안 좋다 (3) 191
기쁘다 (4) 188
기 싸움 214
기운이 없다 (J2) 199
기특하다 178
긴 말 251
긴 팔 티 104
길 (5) 252
길거리 캐스팅 98

길다 (5) 250
길이 (3) 250
길쭉하다 250
김 (4) 270
김밥 (4) 115
까다롭다 (J2) 176
까치 (J2) 243
까치발 243
까칠하다 174
깔끔 177
깔끔하다 (J2) 61、176
깔다 (J2) 78
깜빡 (3) 230
깜빡 잊다 (3) 230
깜빡하다 (3) 230
깜찍하다 60
깨끗하다 (3) 61
깨다 (4) 221
깨뜨리다 221
깨부수다 221
깨알 55
깨알 같다 55
꼬마 21
꼬맹이 21
꼬치 216
꼰대 172
꼰대질 173
꼴통 172
꽂다 (J2) 216
꽂이 (J2) 216
꽂히다 216
꽃길 130
꽃꽂이 216
꽃미남 58
꽉 (J2) 248
꾸안꾸 / 꾸민 듯 안 꾸민 듯

109
꾸준히 272
끄다 (4) 219

ㄴ

나다 (5) 128
나들이 128
나들이 옷 128
나리 137
나시 105
나으리 137
나잇값 171
나태하다 157
날 (J2) 43
날이 서다 (J2) 174
남동생 (4) 17
남매 (J2) 16
남방 105
남친짤 68
남편 (5) 28
낭군 28
낮다 (5) 246
낯 (J2) 38
내려받기 (J2) 79
내려차기 239
내리다 (5) 79、124、229
냉수 (J2) 259
냉정하다 (J2) 167
너 (J2) 20
너그럽다 252
너르다 253
너비 252
넉살 175
널다 (J2) 106
널따랗다 252
널리 (3) 253

널찍하다 ·········· 252
넓다 (4) ·········· 252
넓이 (J2) ·········· 252
넘사벽 ·········· 194
노가다 ·········· 90
노관심 ·········· 201
노랑 (J2) ·········· 265
노랗다 (3) ·········· 265
노랫말 ·········· 90
노르다 ·········· 265
노른자 ·········· 265
노출 ·········· 31
노트북 (3) ·········· 65
놀리다 (J2) ·········· 155
농담 (3) ·········· 155
높다 (5) ·········· 246
높임말 ·········· 209
놓고 오다 ·········· 231
놓치다 (3) ·········· 223
누나 (5) ·········· 27
누님 (J2) ·········· 27
누렇다 (J2) ·········· 265
누르다 (3) ·········· 218
누추하다 ·········· 177
눈꺼풀 (3) ·········· 40
눈동자 ·········· 42
눈매 ·········· 42
눈빛 (3) ·········· 42
눈빛 연기 ·········· 42
눈썹 (J2) ·········· 40
눈알 ·········· 42、55
눈인사 ·········· 240
눈치 (3) ·········· 215
눈치가 빠르다 (3) ·········· 215
눈치가 없다 (3) ·········· 215
눈치를 보다 (3) ·········· 215

눈치를 채다 (J2) ·········· 215
눈호강 ·········· 110
눕방 / 눕는 방송 ·········· 82
느긋하다 ·········· 157
느끼하다 (J2) ·········· 122、123
느려터지다 ·········· 254、255
느리다 (3) ·········· 255
느릿느릿하다 ·········· 157
능글 ·········· 175
능청 ·········· 175
늦둥이 ·········· 17

ㄷ

다락방 ·········· 127
다리 (3) ·········· 53
다리 부상 (J2) ·········· 53
다시 (3) ·········· 90
다시 깔다 ·········· 78
다시 알림 기능 ·········· 77
다시보기 ·········· 80
다운되다 (J2) ·········· 191
다운로드 (J2) ·········· 79
다이어트 (J2) ·········· 82
다정 ·········· 166
다정하다 (J2) ·········· 166
다크서클 ·········· 44
닦다 (4) ·········· 112、113
단군 ·········· 159
단독주택 (J2) ·········· 126
단팥죽 ·········· 117
달다 (3) ·········· 79、266
달달하다 ·········· 267
달동네 ·········· 127
달리기 (3) ·········· 239
달리다 (4) ·········· 238
달콤짭짤한 맛 ·········· 270

달콤하다 (J2) ·········· 266
닭가슴살 ·········· 123
닭꼬치 ·········· 216
닭다리 ·········· 53
닭발 ·········· 268
담백하다 ·········· 123
답답하다 (3) ·········· 187
당신 (3) ·········· 20、29
대놓고 ·········· 232
대놓고 하다 ·········· 232
대로 ·········· 130
대박 ·········· 194
대비 (J2) ·········· 136
대성통곡 ·········· 193
대포 ·········· 71
대포카메라 ·········· 71
댄스 ·········· 97
댄스 트레이너 ·········· 91
덕담 ·········· 210
던지다 (3) ·········· 239
덥다 (5) ·········· 260
덩어리 (J2) ·········· 54
데리다 (3) ·········· 226
데뷔 ·········· 98
데스크탑 ·········· 65
도깨비 ·········· 36
도도하다 ·········· 177
도배 ·········· 95
도와주세요 ·········· 206
도우미 ·········· 206
도움 ·········· 206
도움말 ·········· 74
도장 (4) ·········· 94
독립 (3) ·········· 140
돈을 아끼다 (3) ·········· 236
돌돌 말다 ·········· 115

돕다 (3) ⋯⋯⋯⋯ 206
동갑 (J2) ⋯⋯⋯⋯ 19
동그랗다 ⋯⋯⋯⋯ 42
동네 (3) ⋯⋯⋯⋯ 131
동생 (5) ⋯⋯⋯⋯ 211
동영상 ⋯⋯⋯⋯ 76、78
두 손 ⋯⋯⋯⋯ 202
두고 오다 ⋯⋯⋯⋯ 231
두껍다 (J2) ⋯⋯⋯⋯ 256
두부멘탈 ⋯⋯⋯⋯ 180
두툼하다 ⋯⋯⋯⋯ 256
뒤엎다 ⋯⋯⋯⋯ 243
뒤집다 (J2) ⋯⋯⋯⋯ 243
뒤집어엎다 (J2) ⋯⋯ 243
뒷골목 ⋯⋯⋯⋯ 131
뒷다리 ⋯⋯⋯⋯ 53
드넓다 ⋯⋯⋯⋯ 253
드라마 (5) ⋯⋯⋯⋯ 98
드라이기 ⋯⋯⋯⋯ 115
들다 (4) ⋯⋯⋯⋯ 128
들어올리다 ⋯⋯⋯⋯ 241
등 (4) ⋯⋯⋯⋯ 49
등골 ⋯⋯⋯⋯ 49
등골브레이커 ⋯⋯⋯⋯ 49
등딱지 ⋯⋯⋯⋯ 49
디카 / 디지털카메라 (J2)
⋯⋯⋯⋯ 71
딩동댕 ⋯⋯⋯⋯ 88
따끈따끈 (J2) ⋯⋯⋯⋯ 258
따다 (3) ⋯⋯⋯⋯ 91
따뜻하다 (4) ⋯⋯ 258、260
따라 부르기 ⋯⋯⋯⋯ 101
따라 하다 (3) ⋯⋯⋯⋯ 211
따르다 (3) ⋯⋯⋯⋯ 211
따봉 ⋯⋯⋯⋯ 50
딱하다 (J2) ⋯⋯⋯⋯ 193

딸바보 ⋯⋯⋯⋯ 30
땅 (3) ⋯⋯⋯⋯ 252
때려 부수다 ⋯⋯⋯⋯ 221
땡 ⋯⋯⋯⋯ 89
땡땡땡 ⋯⋯⋯⋯ 89
땡잡다 ⋯⋯⋯⋯ 222
떡밥 ⋯⋯⋯⋯ 116
떡볶이 (J2) ⋯⋯⋯⋯ 268
떨어뜨리다 (J2) ⋯⋯ 228
떫은맛 ⋯⋯⋯⋯ 267
떼창 ⋯⋯⋯⋯ 101
또래 ⋯⋯⋯⋯ 19
똑똑하다 (J2) ⋯⋯⋯ 160
똘똘하다 ⋯⋯⋯⋯ 160
똥고집 ⋯⋯⋯⋯ 172
뛰다 (4) ⋯⋯⋯⋯ 238
뜨겁다 (3) ⋯⋯⋯⋯ 258
뜨끈뜨끈 (J2) ⋯⋯⋯ 258
뜨끈뜨끈하다 (J2) ⋯ 258
뜨다 (4) ⋯⋯⋯⋯ 78
뜬구름 잡다 ⋯⋯⋯⋯ 222
띠동갑 ⋯⋯⋯⋯ 19
띵동 ⋯⋯⋯⋯ 88

ㄹ

라디오 (4) ⋯⋯⋯⋯ 218
라멘 ⋯⋯⋯⋯ 122
라이브 ⋯⋯⋯⋯ 218
라켓 (J2) ⋯⋯⋯⋯ 239
랜선 ⋯⋯⋯⋯ 70
랩 (J2) ⋯⋯⋯⋯ 96
럭셔리 ⋯⋯⋯⋯ 110
레전드 ⋯⋯⋯⋯ 194
롱티 ⋯⋯⋯⋯ 104
리더 ⋯⋯⋯⋯ 97
리드 ⋯⋯⋯⋯ 96

립스틱 (J2) ⋯⋯⋯⋯ 113

ㅁ

마감 (J2) ⋯⋯⋯⋯ 81
마늘 (3) ⋯⋯⋯⋯ 118
마님 ⋯⋯⋯⋯ 137
마당 (3) ⋯⋯⋯⋯ 252
마당극 ⋯⋯⋯⋯ 101
마마 ⋯⋯⋯⋯ 137
마마걸 ⋯⋯⋯⋯ 30
마마보이 ⋯⋯⋯⋯ 30
마무리 (J2) ⋯⋯⋯⋯ 81
마스카라 ⋯⋯⋯⋯ 113
마스크빨 ⋯⋯⋯⋯ 147
마음 (5) ⋯⋯⋯⋯ 180
마이 ⋯⋯⋯⋯ 105
마중 (J2) ⋯⋯⋯⋯ 226
마중 나가다 (J2) ⋯⋯ 226
마중하다 (J2) ⋯⋯⋯ 226
마지막 (4) ⋯⋯⋯⋯ 81
마지막회 ⋯⋯⋯⋯ 81
막내 (3) ⋯⋯ 17、81、171
막내작가 ⋯⋯⋯⋯ 17
막내 직원 ⋯⋯⋯⋯ 17
막내딸 ⋯⋯⋯⋯ 17
막내아들 ⋯⋯⋯⋯ 17
막다른 길 ⋯⋯⋯⋯ 131
막둥이 ⋯⋯⋯⋯ 17
막바지 ⋯⋯⋯⋯ 81
막장부모 ⋯⋯⋯⋯ 33
막차 (J2) ⋯⋯⋯⋯ 81
막콘 ⋯⋯⋯⋯ 81
막판 ⋯⋯⋯⋯ 81
만들다 (5) ⋯⋯⋯⋯ 220
만족스럽다 (3) ⋯⋯ 188
만찢남 / 만화를 찢고 나온 남자

58

많관부 / 많은관심 부탁드립니다 …… 200
많다 (5) …… 248
맏내 …… 171
맏딸 …… 16
맏며느리 …… 16
맏아들 …… 16
맏언니 …… 16
맏이 (3) …… 16、171
맏형 …… 16
말다 (3) …… 115
말리다 (J2) …… 106、114、115
말발 …… 147
말을 놓다 (J2) …… 209
말이 짧다 …… 208、251
망가지다 …… 221
망설임 (J2) …… 163
망신 …… 185
망신 당하다 …… 185
망신 시키다 …… 185
맞이하다 (3) …… 226
매니저 (J2) …… 98
매달리다 (J2) …… 213
매운맛 …… 268
매정하다 …… 167
매콤달콤하다 …… 268
맨발 (J2) …… 53
맨얼굴 …… 38
맨투맨 …… 104
맵다 (4) …… 268
머리 (5) …… 39
머리핀 …… 216
먹방 / 먹는 방송 …… 82
멋 (J2) …… 56
멋이 없다 (J2) …… 57

멋있다 (4) …… 56
멋지다 (J2) …… 56
멍청하다 …… 161
메밀꽃 …… 36
메우다 …… 224
메인 …… 96
메인 댄서 …… 96
메인 보컬 …… 96
멘붕 / 멘탈붕괴 …… 180
멘탈 …… 180
멘탈갑 …… 180
멘트 …… 79
명절 (J2) …… 235
명품 (J2) …… 110
모니터 (J2) …… 218
모범생 …… 164
모시다 (3) …… 226、227
모자라다 (4) …… 161
모질다 …… 167
모태미남 …… 38
목욕탕 (3) …… 114
몰래 (J2) …… 233
몰인 정하다 …… 167
몸매 (J2) …… 42
못나다 (J2) …… 161
못생기다 (3) …… 59
몽달귀신 …… 37
무관심 (3) …… 201
무꺼풀 / 무쌍꺼풀 …… 41
무당 …… 148
무대 의상 (J2) …… 108
무릎 (J2) …… 53
무릎을 꿇다 …… 203
무속인 …… 148
무시당하다 …… 214
무심하다 (J2) …… 167

무쌍 / 무쌍꺼풀 …… 41
무정하다 …… 167
문화다양성 …… 173
물구나무서기 …… 243
뮤비 / 뮤직비디오 …… 86
뮤지컬 …… 98
미니멀 라이프 …… 109
미련 …… 159
미련곰탱이 …… 159
미리 알림 …… 77
미어터지다 …… 255
미역국 (J2) …… 119
미지근하다 (J2) …… 259
미흡하다 …… 161
믹스커피 …… 124
민감하다 …… 174
민망하다 …… 185
민초 / 민트초코 …… 120
민초단 …… 120
민초파 …… 120
밀다 (J2) …… 66
밈 …… 68
밋밋하다 …… 271

ㅂ

바깥나들이 …… 128
바닥 (3) …… 48
바람기 (J2) …… 166
바래다 (J2) …… 227
바르다 (3) …… 113
박다 (J2) …… 242
반말 (J2) …… 208、209
반지하 …… 127
반짝반짝 (J2) …… 108
발 (5) …… 53
발그레하다 …… 262

발끝 ·········· 53
발뒤꿈치 ·········· 53、243
발등 (J2) ·········· 49
발목 (3) ·········· 53、222
발바닥 (3) ·········· 48
발이 넓다 (J2) ·········· 38
밤샘 ·········· 83
밥 (5) ·········· 116
밥알 ·········· 55
방콕 ·········· 129
배사 / 배경사진 ·········· 73
배신 (J2) ·········· 163
배웅 (4) ·········· 227
배트 ·········· 239
뱃살 (3) ·········· 44
버르장머리 (J2) ·········· 39
버릇 ·········· 39
번쩍 들다 ·········· 241
벌 (4) ·········· 108
벗다 (5) ·········· 217
베다 (J2) ·········· 219
벨소리 ·········· 74
변덕 ·········· 163
변덕스럽다 ·········· 163
변함없다 (3) ·········· 162
보수남 ·········· 31
보잘것없다 ·········· 57
보조개 ·········· 45
보컬 ·········· 96
보태다 (J2) ·········· 224
복도 (3) ·········· 252
복불복 ·········· 151
복붙 / 복사하기 & 붙여 넣기
·········· 69
복사 (3) ·········· 69
복스러운 귀 ·········· 45

복장 ·········· 108
복학생 ·········· 145
볶다 (3) ·········· 124
본계 ·········· 72
본방 ·········· 80
본방사수 ·········· 80
볼 (J2) ·········· 45
볼품 없다 ·········· 57
봄날씨 (5) ·········· 163
봄철 (J2) ·········· 170
봐주다 (3) ·········· 223
부계 ·········· 72
부끄러움 (3) ·········· 169
부끄럽다 (3) ·········· 185
부둥켜 안다 ·········· 241
부드럽다 (3) ·········· 166
부모 (4) ·········· 24
부모님 (4) ·········· 24
부수다 (J2) ·········· 221
부엌칼 ·········· 92
부재중 전화 ·········· 74
부적 ·········· 149
부족하다 (3) ·········· 161
분실물 ·········· 230
불만스럽다 (3) ·········· 189
불여우 ·········· 158
불장난 ·········· 155
불효 ·········· 49
불효자 ·········· 33
붓다 (3) ·········· 125
붙임성 (J2) ·········· 168
붙임성이 좋다 (J2) ·········· 168
블러셔 ·········· 113
블링블링 ·········· 108
비계 / 비공계 계정 ·········· 72
비다 (4) ·········· 225

비대면 ·········· 70
비밀번호 (3) 、
비번 / 비밀번호 ·········· 67
비우다 (3) ·········· 225
비좁다 (J2) ·········· 253
비주얼 ·········· 97
빈자리 ·········· 225
빈칸 ·········· 225
빈털터리 ·········· 237
빈틈 ·········· 225
빌라 ·········· 126
빗 (J2) ·········· 115
빗다 ·········· 115
빗자루 ·········· 36
빙수 (J2) ·········· 121
빙수떡 ·········· 121
빛삭 / 빛의 속도로 삭제 ·········· 73
빠르다 (4) ·········· 254
빨강 (3) ·········· 262
빨갛다 (3) ·········· 262
빨다 (J2) ·········· 106
빨대 (J2) ·········· 216
빨래 (3) ·········· 106
빨래 삶기 ·········· 106
빨래 건조대 ·········· 106
빨래집게 ·········· 106
빨랫감 (J2) ·········· 106
빨리 감기 ·········· 156
빨리빨리 ·········· 156
빻다 ·········· 125
빼다 (3) ·········· 217
빼먹다 ·········· 217
뺨 (J2) ·········· 45
뻔뻔하다 (J2) ·········· 175
뻔하다 (J2) ·········· 195
뻥 ·········· 183

뽀글 머리 …… 39
뽑다 (3) …… 217
뿌듯 …… 188
뿌듯하다 …… 188
뿌옇다 …… 263

ㅅ

사거리 (3) …… 131
사과 (5) …… 262
사녹 / 사전녹화 …… 80
사랑스럽다 (3) …… 60
사로잡다 (J2) …… 222
사모님 (J2) …… 23
사이다 …… 186
사일구 …… 143
사장님 (4) …… 25
사전제작 …… 83
사주 …… 146
사진빨 …… 147
사차원 …… 161
사촌 (3) …… 22
사치 …… 110
사태 (J2) …… 141
사투리 (J2) …… 234
살갑다 …… 166
살려 주세요 …… 207
살리다 …… 207
삼거리 …… 131
삼백안 …… 42
삼촌 (3) …… 22、23
삼팔선 …… 135
상감、상감마마 …… 137
상남자 …… 52
상스럽다 …… 31
새끼발가락 …… 51
새끼손가락 …… 51

새끼손가락 걸고 맹세 …… 51
새끼손가락 걸고 약속 …… 51
새빠지다 …… 234
새빨갛다 (J2) …… 263
새언니 …… 27
새침하다 …… 177
새콤달콤하다 …… 269
새해 인사 (4) …… 202
생갈비 …… 118
생머리 …… 39
생방 / 생방송 (J2) …… 83
생사람 …… 222
생얼굴 …… 38
샤쓰 …… 105
서먹서먹하다 …… 169
서브 …… 96
서운하다 (J2) …… 189
서투르다 (3) …… 179
서툴다 (3) …… 179
서핑 …… 238
선 (3) …… 47
선배님 (3) …… 25
선생님 (5) …… 25
설렁탕 (J2) …… 119
설치하다 (J2) …… 78
설탕 (5) …… 118、124
섭섭하다 (3) …… 189
성심 …… 182
세련되다 …… 56
세수하다 (4) …… 112
세월호 참사 …… 141
세자 …… 136、137
세자마마 …… 137
셋업 …… 104
소금기 (J2) …… 271
소꿉친구 …… 18

소리 지르기 …… 100
소자 …… 137
소지 …… 51
소탈하다 …… 177
소품 …… 108
소풍 (J2) …… 128
속 (5) …… 186
속눈썹 (J2) …… 40
속 시원하다 (J2) …… 186
속쌍꺼풀 …… 40
손 닦기 …… 112
손 씻기 …… 112
손가락 하트 …… 50
손가락질 (J2) …… 51
손가락질을 받다 (J2) …… 51
손각시 …… 37
손금 …… 48、146
손끝 …… 53
손녀딸 (3) …… 17
손도장 …… 94
손등 (3) …… 49
손바닥 (3) …… 48
손바닥만 하다 …… 48
선풍기 (J2) …… 218
손빨래 …… 106
손뼉 치기 …… 100
손선풍기 …… 218
손이 맵다 …… 48
손자 (3) …… 17
손잡다 (3) …… 240
손톱 (3) …… 51
손톱깎이 (3) …… 51
솔직담백하다 (J2) …… 123
수능 …… 149
수도꼭지 …… 259
수모 …… 185

수제 ········· 220
수줍음 (J2) ········· 169
순두부찌개 ········· 119
순둥이 (J2) ········· 164
순진하다 (J2) ········· 164
순하다 (J2) ········· 164
술래 ········· 36
술래잡기 ········· 36
숨바꼭질 ········· 36
숫기 ········· 169
쉬엄쉬엄 ········· 273
스마트폰 ········· 64
스밍 / 스트리밍 ········· 87
스밍총공 ········· 87
스샷 / 스크린샷 ········· 73
스케이트보드 ········· 238
스키 (3) ········· 238
스킨 ········· 113
스포 / 스포일러 ········· 80
슬기 ········· 160
슬기롭다 ········· 160
슬프다 (4) ········· 193
승부차기 ········· 239
시다 (3) ········· 269
시마이 ········· 90
시선 강탈 ········· 222
시시하다 ········· 191
시원섭섭 ········· 189
시원찮다 ········· 189
시원하다 (3) ····· 186、261
시원함 ········· 186
시집 (J2) ········· 29
시집가다 (J2) ········· 29
식빵 자투리 ········· 45
신 (J2) ········· 190
신기하다 (J2) ········· 194

신나다 (J2) ········· 190
신나신나 ········· 190
신랑 (J2) ········· 28
신맛 ········· 269
신명 ········· 190
신바람 (J2) ········· 190
신박하다 ········· 194
신생아 ········· 54
신점 ········· 146、149
실눈 ········· 42
실트 / 실시간 트렌드 ······ 79
실트에 뜨다 ········· 79
심심하다 (J2) ········· 271
심정 (J2) ········· 180
싱겁다 (3) ········· 271
싸구려 ········· 111
싸다 (5) ········· 254
싸비 ········· 90
쌀쌀맞다 ········· 167
쌀쌀하다 ········· 261
쌍 (J2) ········· 40
쌍꺼풀 (J2) ········· 40
쌍따봉 ········· 50
쌔빠지게 일하다 ········· 234
쌔빠지다 ········· 234
쌤 / 선생님 (5) ········· 25
쌩쌩하다 ········· 198
쏘다 (J2) ········· 237
쓰다 (5) ········· 267
쓰레기 (3) ········· 165
씁쓸하다 ········· 267
씹다 (J2) ········· 75
씻다 (4) ····· 112、113、114

아기자기하다 ········· 60

아끼다 (3) ········· 236
아내 (5) ········· 29
아들바보 ········· 30
아랫입술 ········· 46
아바마마 ········· 137
아버님 (4) ········· 24、25
아버지 (5) ········· 24
아빠 (4) ········· 24
아싸 / 아웃사이더 ········· 169
아이돌 지망생 ········· 98
아이폰 ········· 64
아재 ········· 20
아재 개그 ········· 155
아저씨 (5) ········· 20
아줌 ········· 23
아줌마 (4) ········· 23
아찔하다 ········· 261
아파트 (5) ········· 126、252
아프다 (5) ········· 199
악수 (J2) ········· 202
악연 ········· 151
안 멋있다 (4) ········· 57
안녕하다 (5) ········· 198
안다 (3) ········· 240
안무 ········· 91
안무가 ········· 91
안방 극장 컴백 ········· 99
안부 인사 (J2) ········· 198
안읽씹 / 안 읽고 씹기 ······ 75
안하무인 ········· 175
알 (3) 알갱이 ········· 55
알림 ········· 77
알림 설정 ········· 77
알사탕 ········· 55
알약 ········· 55
앞다리 ········· 53

앞차기 239
애교살 44
애벌빨래 106
애 아빠 28
애 엄마 28
애절하다 193
애처롭다 193
애틋하다 193
액땜 149
앱 78
앳되다 44
앵두 입술 46
야구 (5) 239
야구 방망이 239
약념 (J2) 118
약손가락 50
약지 50
얄팍하다 257
얇다 (3) 257
양념 (J2) 118
양념갈비 118
양념게장 118
양념치킨 118、269
양반 139
양반다리 139
얕다 (3) 257
어깨 (4) 52
어깨 깡패 52
어깨동무 240、241
어깨춤 52
어렵다 (5) 209
어르신 (J2) 20
어른 (4) 20
어리석다 (J2) 161
어마마마 137
어마무시하다 248

어마어마하다 248
어머니 (5) 24
어머님 (4) 24、25
어버이 24
어버이날 24
어색하다 (J2) 169
어설프다 179
어수선하다 177
어플 78
언니 (5) 26、27
얻어터지다 255
얼굴 (5) 38
얼굴도장 94
얼굴에 철판을 깔다 175
얼굴형 38
얼싸안다 241
얼짱 58
엄마 (4) 24
엄지 50
엄지발가락 50
엄지손가락 50
엄지척 50
업로드 79
업어주기 240
엉망진창 221
엎드려뻗쳐 242
에어컨 (J2) 218
엔터 기획사 98
여동생 (4) 17
여드름 (J2) 45
여보 (J2) 29
여사님 23
여우 (J2) 159
여우 같다 158
여유롭다 (3) 157
여의도 132

여친짤 68
역대급 194
역주행 84、85
연 (3) 151
연립주택 (J2) 126
연습생 98
연차 235
연필꽂이 216
열 (3) 192
열린 결말 81
열림 66
열받아 192
열쇠 (3) 67
열중쉬어 242
염치없다 175
영감 138
영감님 138
영리하다 160
영악하다 160
영통 / 영상통화 70
영통팬사 / 영상통화 팬사인
회 70
영화 (5) 98
예능프로 99
예민하다 (J2) 174、176
예민해지다 (J2) 174
예비 (J2) 29
예비신랑 29
예비신부 29
예비아빠 28
예비엄마 29
예쁘다 (4) 56、58、61
예쁘장하다 61
옛날 (3) 35
옛날 팥빙수 121
오답 89

오디션 ·········· 98
오라버니 ·········· 27
오리다 ·········· 219
오빠 (5) ·········· 28、29
오싹하다 ·········· 261
오일팔 ·········· 143
오지다 ·········· 188
오지랖 ·········· 210
오피스텔 ·········· 126
옥탑방 ·········· 127
온라인 (J2) ·········· 70
온수 (J2) ·········· 259
올리기 ·········· 79
올케 (J2) ·········· 27
올케언니 ·········· 27
옷빨 ·········· 147
옷차림 (J2) ·········· 108
와이셔츠 (J2) ·········· 105
와이프 ·········· 29
왕자병 ·········· 30
외모 (J2) ·········· 59
외모지상주의 ·········· 59
외삼촌 (J2) ·········· 22
외출 (J2) ·········· 128
용안 ·········· 38
용하다 (3) ·········· 149
우려내다 ·········· 125
우리다 ·········· 125
우산 꽃이 ·········· 216
우엉 ·········· 267
우연 (J2) ·········· 151
우연히 (J2) ·········· 151
우향우 ·········· 242
욱 ·········· 192
욱하다 ·········· 192
육호 ·········· 146

운동 (3) ·········· 239
운명 (J2) ·········· 146
운빨 ·········· 147
운빨게임 ·········· 147
운세 ·········· 147
울먹거리다、울먹이다 ·········· 193
울보 ·········· 193
울상 ·········· 193
울컥 ·········· 193
움짤 / 움직이는 짤 ·········· 68
웅녀 ·········· 159
원두커피 ·········· 124
원룸 ·········· 126
월드와이드핸섬 ·········· 97
윗입술 ·········· 46
유교걸 ·········· 31
유교보이 ·········· 31
유리멘탈 ·········· 180
유부남 ·········· 28
유부녀 ·········· 29
유월항쟁 ·········· 143
유치찬란 ·········· 171
유치하다 (J2) ·········· 171
육이오 ·········· 142
융통성이 있다 ·········· 173
은근히 (J2) ·········· 233
은발 ·········· 39
음악 (J2) ·········· 218
음악프로 ·········· 99
음원 ·········· 87
응어리 ·········· 54
응원봉 ·········· 101
의지하다 (J2) ·········· 213
이모 (3) ·········· 23、26
이승 ·········· 37
이어폰 ·········· 216

이중턱(살) ·········· 47
익숙하다 (J2) ·········· 179
인간 말종 ·········· 165
인간 쓰레기 ·········· 165
인간미가 없다 ·········· 167
인감도장 ·········· 94
인사 (4) ·········· 202
인싸 / 인사이더 ·········· 168
인연 (J2) ·········· 150、151
인절미 ·········· 121
인정 (J2) ·········· 39
인정머리 ·········· 39
인정머리가 없다 ·········· 167
인정사정없이 ·········· 167
일식 (3) ·········· 140
일어 ·········· 140
일제 (J2) ·········· 140
일제강점기 ·········· 140
일제시대 ·········· 140
읽씹 / 읽고 씹기 ·········· 75
읽음 ·········· 75
읽지 않음 ·········· 75
입대 (J2) ·········· 144
입술 (3) ·········· 46
입술 쭉 ·········· 46
입영 ·········· 144
잇몸 (J2) ·········· 46
잊어버리다 (4) ·········· 230
잊으신 물건 ·········· 230

ㅈ
자그마치 ·········· 247
자기 (5) ·········· 26、29
자동차 (4) ·········· 238
자두 ·········· 269
자랑 (J2) ·········· 184、232

자랑스럽다 (J2) ⋯⋯ 184
자르다 (3) ⋯⋯ 219
자매 (J2) ⋯⋯ 16
자물쇠 ⋯⋯ 67
자부심 ⋯⋯ 184
자연산 ⋯⋯ 38
자전거 (4) ⋯⋯ 238
자존심 (J2) ⋯⋯ 214
자취생 ⋯⋯ 82
작다 (5) ⋯⋯ 246、247
작은아버지 (3) ⋯⋯ 22
작은형 ⋯⋯ 16
작작 ⋯⋯ 273
잔뜩 ⋯⋯ 248
잘 (5) ⋯⋯ 168
잘리다 (J2) ⋯⋯ 68
잘생기다 (3) ⋯⋯ 58
잘하다 (5) ⋯⋯ 178
잠그다 (3) ⋯⋯ 66
잠금 ⋯⋯ 66
잠금 화면 ⋯⋯ 66
잠금해제 ⋯⋯ 66
잠깐 쉬다 (4) ⋯⋯ 235
잠방 ⋯⋯ 82
잡다 (4) ⋯⋯ 222
잡티 ⋯⋯ 44
잣 ⋯⋯ 117
장가가다 (J2) ⋯⋯ 28
장난 (J2) ⋯⋯ 155
장난 전화 (J2) ⋯⋯ 155
장난기 (J2) ⋯⋯ 155
장난꾸러기 (J2) ⋯⋯ 155
장난치다 (J2) ⋯⋯ 155
장난하다 (J2) ⋯⋯ 155
장미꽃 (J2) ⋯⋯ 262
장유유서 ⋯⋯ 210

장하다 ⋯⋯ 178
잦다 ⋯⋯ 195
재계약 (3) ⋯⋯ 99
재다 ⋯⋯ 254
재미있다 (5) ⋯⋯ 190
재방송 (3) ⋯⋯ 80
재빠르다 (J2) ⋯⋯ 254
잽싸다 ⋯⋯ 254
저기압 ⋯⋯ 174
저승사자 ⋯⋯ 36
저장 ⋯⋯ 74
저하 ⋯⋯ 136
적다 (4) ⋯⋯ 249
적당히 ⋯⋯ 273
전복 ⋯⋯ 117
전복죽 ⋯⋯ 117
전역 ⋯⋯ 145
전하 ⋯⋯ 136
절 (3) ⋯⋯ 203
절약하다 (J2) ⋯⋯ 236
젊은이 (J2) ⋯⋯ 21
점 ⋯⋯ 45、146
점성술 ⋯⋯ 146
점집 ⋯⋯ 146
젓다 (J2) ⋯⋯ 125
정답 (J2) ⋯⋯ 88
정색 ⋯⋯ 154
정색하다 ⋯⋯ 154
정성 (J2) ⋯⋯ 182
정수기 ⋯⋯ 259
정수리 ⋯⋯ 39
정신 사납다 ⋯⋯ 181
정신 (3) ⋯⋯ 181
정신을 잃다 (3) ⋯⋯ 181
정신을 팔다 (3) ⋯⋯ 181
정신이 나가다 (3) ⋯⋯ 181

정신이 들다 (3) ⋯⋯ 181
정신이 없다 (3) ⋯⋯ 181
정신 차리다 (3) ⋯⋯ 181
정장 자켓 ⋯⋯ 105
정주행 ⋯⋯ 84
정치인 (3) ⋯⋯ 54
젖살 ⋯⋯ 44
제대 (J2) ⋯⋯ 145
제철 과일 ⋯⋯ 170
조그맣다 ⋯⋯ 247
조금 (4) ⋯⋯ 249
조선팔도 ⋯⋯ 134
조신하다 ⋯⋯ 31
조카 (3) ⋯⋯ 17
조카딸 (3) ⋯⋯ 17
족발 ⋯⋯ 268
존댓말 (J2) ⋯⋯ 209
존잘남 ⋯⋯ 58
좀비 ⋯⋯ 37
좁다 (4) ⋯⋯ 252、253
좁다랗다 ⋯⋯ 253
종아리 ⋯⋯ 53
좌향좌 ⋯⋯ 242
주걱턱 ⋯⋯ 47
주근깨 ⋯⋯ 45
주상전하 ⋯⋯ 136
죽 (J2) ⋯⋯ 117
중지 ⋯⋯ 50
중학교 동창 (3) ⋯⋯ 18
쥐꼬리만하다 ⋯⋯ 249
즐겁다 (3) ⋯⋯ 190
지독하다 ⋯⋯ 167
지우다 (3) ⋯⋯ 112
지저분하다 (J2) ⋯⋯ 177
직접 만들다 ⋯⋯ 220
직캠 ⋯⋯ 71

진심 (J2) 182
진지하다 (J2) 154
진지 모드 154
집게손가락 50
집돌이 129
집사람 29
집순이 129
집업 104
집콕 129
집콕육아 129
집쿡 129
집 키 67
짜다 (4) 270
짜증 (J2) 192
짜증이 나다 (J2) 192
짝퉁 111
짠돌이 236
짠순이 236
짠하다 193
짤 68
짤막하다 .... 250、251
짤방 / 잘림 방지용 이미지 ....
.... 68
짤줍 / 줍는 행위 68
짧다 (5) .... 250、251
짬밥 116
짭짤하다 270
쩐다 194
쩔다 194
쪽대본 83
찌개 (4) 119
찌라시 90
찌르다 (J2) 216
찜닭 268
찜질방 115

ㅊ

차갑다 (3) .... 258、259
차다 (3) .... 239、258
차단 75
차려입다 108
차 키 67
착장 108
착하다 (3) 164
찬물 259
참하다 31
창피하다 (J2) 185
찾다 (5) 229
채우다 224
책갈피 74
책꽂이 (J2) 216
챙기다 (3) 212
처녀귀신 37
천박하다 31
천생연분 150
철 170
철들다 (J2) 170
철딱서니 (J2) 170
철부지 171
철없다 171
철학관 146
첫 곡 (3) 80
첫 마디 (J2) 80
첫눈 (3) 80
첫방 / 첫 방송 (3) 80
첫사랑 (3) 80
첫차 80
첫콘 81
청와대 132
체육복 104
초 (4) 34
초라하다 57

초면 34
초보 (J2) 34
초보자 (J2) 34
초스피드 156
초인종 88
초짜 34
초콜릿 복근 52
촌스럽다 (J2) 57
총각 (J2) 20
총명하다 160
총알 55
추리닝 104
추리닝 바지 104
추석 인사 202
축구 (5) 238
출근 (3) 93
춤선 47
춥다 (5) 261
충무로 133
충전기 216
취향 저격 222
치다 (4) 239
치즈 (3) 122
친구 (5) .... 18、35
친화력 168
친화력이 없다 169
칠하다 (3) 113

ㅋ

카메라 (4) 218
칸 (J2) 252
칼 (4) 92
칼국수 123
칼군무 92
칼답 92
칼삭 92

칼퇴 / 칼퇴근·······93
캐스팅·······98
캐주얼·······109
캠코더·······71
커다랗다 (3)·······246
커버댄스·······91
커플 (J2)·······40
컨디션 (J2)·······199
컴·······65
컴 자판·······65
컴백·······99
컴백작·······99
컴퓨터 (5)·······65
케미·······96
켜다 (4)·······218
코끝·······43
코디·······109
코로나 사태·······141
코를 골다·······43
코를 풀다 (4)·······43
코앞·······43
콘서트 (4)·······100
콧구멍·······43
콧날·······43
콧대·······43
콧물 (4)·······43
콧방울·······43
콩밥·······116
콩알만 하다·······55
쿡방·······82、220
크다 (5)·······246
크림 파스타·······122
큰길 (4)·······131
큰아버지 (3)·······22
큰절·······203
큰형·······16

키 (3)·······67、250
키위·······269
킬링파트·······90

ㅌ
타다 (3)·······125、238
타로·······146
탁구채·······239
탕류 (J2)·······119
탕진잼·······237
탕진하다·······237
태자·······136
태평스럽다·······157
태평하다·······157
태후·······136
탭 / 태블릿·······65
터지다·······64、254
턱선·······47
털털·······177
털털하다·······177
퇴근 (3)·······93
퇴사·······93
트레이닝 바지·······104
트레이닝복·······104
트집 (J2)·······222
틀다 (J2)·······218
티저·······86

ㅍ
파괴하다 (J2)·······221
파도타기·······101
파랑·······264
파랗다 (3)·······264
파운데이션·······113
파이팅 넘치다·······198
팔굽혀펴기·······242

팔꿈치 (J2)·······53
팔다리·······53
팔도·······134
팔도강산·······134
팔자·······147
팔자주름·······44
팔짱 끼다·······240、241
팝콘 (J2)·······270
팥 (J2)·······121
팥빙수 (J2)·······121
팥죽·······117
패륜·······33
패륜아·······33
팬심·······87
팬캠·······71
펜트하우스·······126
편하다 (4)·······209
평상복·······109
폐하 (J2)·······136
포근하다·······260
포인트 안무·······91
폰·······64
폼 (J2)·······56
폼나다·······56
표절·······69
푸르다 (3)·······264
푸르르다·······264
푸시업·······242
푹 (3)·······235
푹 쉬다 (3)·······235
풀다·······217
프림·······124
프사 / 프로필 사진·······73
피시 (3)·······65
피시방 (3)·······65
피처폰·······64

피크닉 ················ 128
픽 업 ················ 226
핏덩어리 ················ 54

ㅎ

하얀 색 ················ 263
하얗다 (3) ········ 262、263
하이킹 ················ 128
하트 ················ 218
학교종 ················ 89
학부모 (J2) ················ 24
학생 (5) ················ 21
한 손 ················ 202
한결같다 ················ 162
한반도 (3) ················ 134
한숨 돌리다 (3) ········ 235
한숨(을) 쉬다 (3) ······ 235
할머니 (5) ················ 20
할아버지 (5) ········ 20、138
함부로 (3) ················ 232
해맑다 ················ 168
해바라기 (J2) ············ 162
해석 (J2) ················ 86
핵인싸 ················ 168
핸드폰 (J2) ················ 64
핸섬 페이스 ················ 42
햄 (J2) ················ 270
허당 ················ 161
허당끼 ················ 161
허벅지 ················ 53
헐 ················ 194
헐값 ················ 111
헛들음 ················ 45
헤어드라이어 ················ 115
현명하다 ················ 160
혓바닥 ················ 48

형 (3) ········ 26、27、211
형님 (3) ················ 27
형제 (4) ················ 16
호강하다 ················ 110
호랑이 (3) ················ 243
호불호 ················ 120
호캉스 ················ 235
홀리다 ················ 36
홈마 ················ 71
홍보 (J2) ················ 232
화 (3) ················ 192
화면 (J2) ················ 252
화장빨 ················ 147
환호성 ················ 100
황제 폐하 ················ 136
효녀 ················ 32
효도 ················ 32
효자 ················ 32
효자손 ················ 32
효자폰 ················ 64
효험 ················ 149
후드티 ················ 104
후라이드 ················ 118
후렴 ················ 90
후렴구 ················ 90
훈남 ················ 58
휴대전화 ················ 64
휴대폰 (5) ················ 64
흑발 ················ 39
흑역사 ················ 267
흔치 않다 (3) ················ 195
흔하다 (3) ················ 195
홀리다 (3) ········ 228、229
흠 (J2) ················ 222
흥 ················ 190
흥미 (3) ················ 200

희다 (4) ················ 263
흰자 ················ 265
흰죽 ················ 117
힘이 없다 (4) ················ 199

其他

IMF 시대 ················ 141
IMF 사태 ················ 141

最強圖解潮流韓語
從追星學韓語，秒記**1000⁺**超實用單字！
くらべて覚える韓国語

作者	古田富建
譯者	洪玲
執行編輯	顏妤安
行銷企劃	劉妍伶
封面設計	賴姵伶
版面構成	賴姵伶
發行人	王榮文
出版發行	遠流出版事業股份有限公司
地址	臺北市中山北路一段 11 號 13 樓
客服電話	02-2571-0297
傳真	02-2571-0197
郵撥	0189456-1
著作權顧問	蕭雄淋律師

2024 年 3 月 31 日　初版一刷

定價新台幣 350 元

ISBN　978-626-361-471-0

遠流博識網　http://www.ylib.com

E-mail: ylib@ylib.com

（如有缺頁或破損，請寄回更換）

KURABETE OBOERU KANKOKUGO

Copyright © 2022 TOMITATE FURUTA

All rights reserved.

Originally published in Japan in 2022 by KANKI PUBLISHING INC.

Traditional Chinese translation rights arranged with KANKI PUBLISHING INC. through AMANN CO., LTD.

國家圖書館出版品預行編目 (CIP) 資料

最強圖解潮流韓語 / 古田富建著；洪玲譯 .-- 初版 .-- 臺北市：遠流出版事業股份有限公司, 2024.03
面；　公分
譯自：くらべて覚える韓国語
ISBN 978-626-361-471-0(平裝)
1.CST: 韓語 2.CST: 詞彙
803.22　　　112022891